D1690697

SV

Band 1202 der Bibliothek Suhrkamp

Gesualdo Bufalino
Klare Verhältnisse

Roman

Aus dem Italienischen
von Hans Raimund

Suhrkamp Verlag

Titel der Originalausgabe: *Qui pro quo*
© Gruppo Editoriale Fabbri, Bompiani, Sonzogno,
Etas S.p.A., Milano 1991

Erste Auflage 1995
© Suhrkamp Verlag Frankfurt am Main 1994
Alle Rechte vorbehalten
Druck: Nomos Verlagsgesellschaft, Baden-Baden
Printed in Germany

Klare Verhältnisse

Beipackzettel

Gattung – Ein Sonntagsausflug ins Land des Krimis: Das ist es, was sich Gesualdo Bufalino bei seiner Rückkehr in die Buchhandlungen, nach einer Pause glücklicher, aber fehlgeschlagener ›Apartheid‹, gestatten wollte. Das Ergebnis ist ein Werk, das mit leichter Hand die Passion durch die Extravaganz korrigiert, den Geist der Folgerichtigkeit durch die Flausen der Phantasie. Seiten, die man wie ein Spielzeug verwenden sollte, in denen man aber manchmal jäh einer Verwirrung gewahr wird. Wie wenn man in den Spiegeln eines Lunaparks sieht, wie sich die Masken der Vernunft vervielfältigen und einander widersprechen.

Thema – Den Regeln gemäß, mit Ausnahme der Eigenmächtigkeiten der Ironie, erzählt das Buch von einer mysteriösen Begebenheit: von dem – ungewiß, ob durch Hinterlist oder durch ein Unglück verursachten – Tod eines Verlegers in seinem Ferienhaus. Es folgt eine Untersuchung, die alle Gäste einbezieht und die das Opfer selbst mittels postumer Enthüllungen persönlich lenken zu wollen scheint. So lange, bis seine Sekretärin, ein Fräulein von wenig Reiz, aber vielen Tugenden, den Fall löst oder zu lösen glaubt.

Absicht – Durch Schreiben zu genesen, doch so, daß die von den Freuden des Schreibens harmloseste gewählt wird: also die, die jemand empfindet, der ein Kreuzworträtsel löst oder ein Gesicht auf die Rückseite einer Briefmarke kritzelt... Die Vereinbarkeit gewisser stilistischer Übertreibungen mit den Spitzfindigkeiten der Handlung auf die Probe zu stellen... Die Leser zu unterhalten, indem man sie mit Späßen und Kniffen konfrontiert, die ganz und gar unglaubwürdig sind... Blindlings zu schießen (das war auch der Rat der Ärzte) auf eine nach dem eigenen Ebenbild geschaffene Schießscheibe...

Personen

Medardo Aquila	Verleger
Cipriana Maymone	seine Frau
Esther Scamporrino	
alias Agatha Sotheby	seine Sekretärin, Ich-Erzählerin
Ghigo Maymone	sein Schwager und Geschäftspartner
Apollonio Belmondo	Rechtsanwalt
Matilde Garro	dessen Frau
Lietta	Matildes Tochter aus erster Ehe
Lidia Orioli	Verlagsleiterin
Gianni (Giacomo?) Orioli	Lidias Sohn
Amos Soddu	Bildhauer und Maler
Daphne Duval	Graveurin und Malerin
Don Giuliano Nisticò	Ex-Priester, Schriftsteller
Massimiliano Currò	Polizeikommissar
Francalanza	Untersuchungsrichter
»Haile Selassie«	farbiger Diener
Casabene	ein Korporal
Aischylos	eine Büste

Ein nicht identifizierter Leibwächter
Dienerschaft, Journalisten, Fotografen, Neugierige

I
Meereslandschaft mit Figuren

Die Vorstellung, daß der Verlauf der GESCHICHTE, wie Pascal einmal meinte, von der Größe einer Nase abhängen könne, läßt die Historiker für gewöhnlich die Nase rümpfen. Sie haben unrecht. Denn zwar nicht das SCHICKSAL der WELT, an dem mir sehr wenig liegt, aber mein persönliches Schicksal wäre durchaus anders gewesen, hätte mich nicht ein ganz und gar nichtiger Umstand, die Karies eines vorderen Backenzahns, eines Morgens in das Vorzimmer des Doktor Conciapelli geführt, wo ich, von der Beklemmung des Wartens dazu getrieben, Ablenkung bei den Anzeigen des »Messaggero« zu suchen, über die Ausschreibung eines Sekretärinnenpostens beim Verlagshaus Medardo Aquila & Co, via Cleopatra 16, Rom, in Begeisterung geriet.
Ich – bringen wir es gleich hinter uns – habe Kunst, Musik und Schauspiel in Bologna studiert, bis zur Auszeichnung; und ich weiß Bescheid über Theater und Film, über Jazz und klassische Musik, über Semiologie... Ich bin intelligent (nehme an, es zu sein), pfiffig, entbehre nicht der Schlagfertigkeit und des Scharfsinns. Schön, nein. Eher, je nach Belieben, häßlich, recht häßlich, ein wenig häßlich. Außerdem stehe ich in dem Ruf, frigide zu sein, was sich für die Bewerberin um eine Stelle als Trumpfkarte herausstellen kann, wenn der Chef verehelicht und der, der

über die Einstellung entscheidet, die Ehefrau ist. Also wurde ich denn auch, im Verlauf weniger Stunden, ausgewählt; und brachte es dann, im Verlauf weniger Monate, dazu, unentbehrlich zu sein, sogar in den Ferien, die ich mit Notizblock und Füllfeder in der Hand auf dem legendären Badesitz des Bosses zu verbringen hatte, das heißt: in der Villa oder besser: in den Villen, die nach jener Palladios im Veneto »Le Malcontente« genannt wurden.
Eigentlich eine Sonderleistung nach Art Stachanows. Worum sich die Gewerkschaft kümmern müßte. Aber auch ein Glückstreffer für eine mittellose achtunddreißigjährige Ledige, die sich damit abgefunden hat, ihr Leben, eine Monatsregel nach der anderen, herunterzuleiern, und die sich im August kaum eine Woche an der Adria, in überfüllten kleinen Pensionen, gönnt, vom ständigen Zweifel geplagt, ob und wie sehr sie ihre bleiche Haut dem Wüten der Sonne und der Verachtung der jungen Burschen aussetzen soll...
Keine derartigen Ängste dieses Mal; allenfalls eine Regung zaghaften Neids, wenn ich, unter meinem Sonnenschirm, beobachtete, wie die eben anwesenden Gäste, zumeist von kränkend gefälligem Aussehen, zum Meer hinuntergingen und phlegmatisch wie Zirkustiere an mir vorbeizogen. Um so mehr verkroch ich mich im Wachthäuschen des Bademantels, während ich ihrem erbarmungslosen Topless als Schutz eine bedächtige Trägheit des Herzens entgegensetzte.
Was hätte ich denn in einer derartigen Lage als Untergebene, als Außenstehende anderes tun können?

Zumal sich in meinem Rechnungsbuch die Bilanz der Unannehmlichkeiten gegenüber den vielen Annehmlichkeiten auf Null belief: ein Ferienaufenthalt für, wie man heute sagt, hohe Ansprüche; eine Arbeit, die man lieben mußte und die gut bezahlt war, in täglicher Vertrautheit mit dem Chef; die Freiheit, über seine malaiischen, mit schwarzen Drachen bestickten Morgenröcke zu schmunzeln, über seine Hawaii-Sommerhemden, seine kalifornischen Shorts; die allergrößte Hoffnung, ihm eines Tages mein geliebtes ›work in progress‹-Manuskript (vorläufiger Titel: *Qui pro quo*) unterzujubeln, eine Geschichte von Anamorphosen und Metamorphosen, die ich seit Jahren mit mir herumschleppte und die ich als Munition in der Tasche aufbewahrte, in Erwartung des Moments, sie in den Lauf zu schieben und abzuschießen... Ja, denn ich schreibe, und ich schreibe Kriminalromane. Alle bis jetzt unveröffentlicht und dazu bestimmt, zu Staub zu werden, außer dem gegenwärtigen, den Sie vor Augen haben. Darin komme ich in der ersten Person vor, mit dem Spitznamen, den mir meine Verlagskollegen gaben, kaum hatten sie mich kennengelernt: Ich weiß nicht, ob sie, die ihn mir anhängten, bösartiger waren oder ich stolzer, ihn zu tragen. Und wollte Gott, er wäre mir in der spröden Eleganz seiner Großbuchstaben geblieben, A-G-A-T-H-A, statt hier in den »Malcontente« zur Koseform Agatina verniedlicht zu werden, jedesmal, wenn mich einer der Gäste rief, um mich nach einer Telefonnummer zu fragen, nach dem Fahrplan eines Zugs, einem Film von einst, der im Kasten mit den Videokassetten ausfindig zu machen war... Ein

männlicher Gast selbstverständlich (die Frauen ließen sich dazu nicht herab, sahen mich überhaupt nicht), ohne daß mich das zu Vertraulichkeit verleitet hätte, bin ich doch ein Mensch, der eher zufällig in dieses Jahrhundert geraten ist und der es sich zur Regel gemacht hat, sich im Hintergrund zu halten, nie seinen angestammten Platz zu verlassen...
Für die Örtlichkeit und die Jahreszeit hingegen empfand ich mehr Sympathie. Waren die Post und die übrigen Aufträge erledigt, blieb mir mehr als genug Zeit für Felsen, Wellen, Vögel, Wolken, Wind. Auch fesselte mich immer wieder von neuem der Anblick der Villen, ein weitläufiges Gemisch von wenigstens drei Stilen: der maghrebinische, der capresische, der des »Hauses am Wasserfall«, mit kleinen Einsprengseln einer Neoklassik, ähnlich der der Südstaaten... Eine pittoreske Ansammlung, die widerrechtlich dadurch entstanden war, daß sie auf einem dem Staat gehörigen Kliff in Übereinstimmung mit den Erfolgen des Verlegers und seinem ständig sich ändernden Geschmack in die Höhe gewachsen war.
So war die anfängliche Villa zu den Villen geworden, schließlich fast zu einem »Villaggio«, einem Dorf, so zahlreich und sich wie Staub ausbreitend waren deren Ableger. Genauso wie gewisse Satellitensiedlungen, die eine Peripherie erweitern, aber weder das Skelett noch das Fleisch einer Stadt besitzen.
Doch was auch immer, ob Villa oder Villen oder »Villaggio« – so wie sie mir vom privaten Hubschrauber aus, der mich zum ersten Mal dorthin brachte, erschienen, ließen die »Malcontente« hinter der trügerischen Fassade eine hämische und hinter-

hältige Absicht erkennen. »Sie ähneln mir«, gab Medardo, ohne sich umzudrehen, von seinem Pilotensitz her zu... Und ich erinnerte mich an ein Gerücht, das vor kurzem auf der Frankfurter Buchmesse umgegangen war, wonach der Gebäudekomplex, genau den Intentionen des Auftraggebers gemäß, dessen wesentliche physiognomische Merkmale nachbilde: Der Landeplatz ahme die Stirn und den kahlen Kürbiskopf nach; die beiden mandelförmigen Schwimmbecken die mongoloiden Augen; die lichten Stellen im Blattwerk der Immergrünpflanzen die durch Haarausfall bedingten Höfe im Gewirr des Spitzbarts; die Reihe der unerbittlich weißen Cottages das gewohnheitsmäßig zum Grinsen geöffnete Gehege der Zähne... ·

Ich gebe zu, es kostete mich einige Mühe, aber schließlich ist es mir doch gelungen, aus den verstreuten Puzzlesteinen ein menschenähnliches Identikit zusammenzusetzen, eine Art großen Mondschädel, der keine fröhliche Maske war. Sollten die Klatschmäuler von Frankfurt recht gehabt haben? Sollte die Bauweise hier tatsächlich und absichtlich ein Spleen und eine private Offenbarung sein? Ungewiß, ob aufrichtig oder verlogen, ob von Gutem, ob von Bösem... Zu viel Mühe für meine Dioptrien, trotz der Unterstützung durch ein Marinefernglas, weswegen ich die genaueren Ermittlungen auf später verschob. Ohne zu ahnen, daß sich schon sehr bald höchst skandalöse und blutige, vor allem aber überspannte Ereignisse zwischen diesen Mauern zutragen würden...

Mittlerweile schaute ich mich um. Ich sah die kleinen

Villen, die sich, eine neben der anderen, auf den verschiedenen, durch Stege verbundenen Felsvorsprüngen erhoben, von denen, um die zarteren Füße vor dem glühenden Sand zu schützen, große Stufen aus grauem Zement abwärts führten und am Strand endeten. Längs der Mittellinie dieser Treppen, in einem abseits liegenden Nebengebäude, meine Unterkunft: ursprünglich in der Wand des Felsvorsprungs ausgehöhlt, um ein südseitiges Zimmer zu haben, später umgebaut in eine Herberge für Singles und eine bequeme Beobachtungsstation. Eine wahre Loge für Wachtposten, wie ich sogleich merkte, auf halbem Weg zwischen dem Aleppopinienhain, der dem Boß für seine morgendliche Lektüre heilig war, und dem Belvedere darüber. Letzteres war ein freier Platz mit einer Brüstung in Form eines Hufeisens, die schroff über ein Gartenwäldchen vorragte und die rundherum sieben Büsten von Persönlichkeiten aus der Antike zierten: Kleobulos, Pittakos, Bias, Aischylos, Mison, Chilon, Solon...

Von hier umfaßte der Blick, ließ man ihn schweifen, ein schönes Stück Meer und Himmel und außerdem die verschiedenen Wohnanlagen, jede in der ihr eigentümlichen Verunstaltung: schräge Mauern, blinde oder asymmetrische Türen, greulich schielende Fenster, deren Ausschmiegung der Architekt nur anders hätte neigen müssen, damit sie sich auf das schönste Panorama der Welt aufgetan hätten. Es waren im ganzen sechs solcher Gebäude, zwei auf jeder Steilwand, von gleicher Beschaffenheit, aber verschieden im Stil, alle ebenerdig, außer einem mit zwei voneinander unabhängigen Geschossen, um so den beiden Hausherren, den Eheleuten Aquila, jeweils Freiheit zu gewähren... Viel zahlreicher die Wirtschaftsgebäude und die »Loisirs«, die sich ins Hinterland bis ganz nahe an die Autobahn und das Getöse der Welt erstreckten, wovor sie durch eine Hecke aus Zwergpalmen kaum geschützt waren. Auch sie Beispiel geistiger Haltlosigkeit, waren sie doch zumeist von ihrem ursprünglichen Bestimmungsort gewaltsam entfernt und an den unpassendsten Plätzen wieder aufgestellt worden: ein Depot von Geräten für die Schiffahrt, das als Trockenraum für Nach-dem-Bade verwendet wurde; eine einst zur Unterstützung der lokalen Fischerei bestimmte Eiserzeugungsanlage, die kostspielig in Betrieb gehalten wurde, um dort die Spezialvorräte der ganzen Gemeinschaft aufzubewahren; eine Votivkapelle, die zur Wäscherei entwürdigt wurde; ein Gartenpavillon moderner Bauart, ein für Gespräche und Spiele bestimmter Ort, der zum Speisesaal ausersehen worden war; schließlich ein großes Solarium, das hinter dem Belvedere errichtet worden war, aber derart schief, daß es die Aussicht auf die Büsche und den reizvollen Horizont jenseits verwehrte. Was die beiden Schwimmbecken angeht, die nach dem spätrömischen Usus der »Villa del Casale« mit Mosaiken verziert waren, mit Mädchen im Bikini und schuppenbedeckten Ungeheuern, so waren sie im Wald unter derart vielen Hindernissen versunken, daß sie praktisch unbenutzbar waren.

Aus all dem schloß ich, daß genug dafür sprach, der Behauptung vom Haus als Selbstporträt Glauben zu schenken (ein Gemeinplatz heute, nach dem, was

passiert ist: Für die Illustrierten war es ein gefundenes Fressen). Nicht nur, weil er, Aquila, es offensichtlich nach dem eigenen Bild dadurch hatte gestalten wollen, daß er auch die simpelste seiner Vorstellungen darin verwirklichte, sondern auch, weil er sich davon beinahe bis zur Inkarnation in Besitz hatte nehmen lassen: so wie man aus jenen Flecken auf den Mauern oder aus Wolkengestalten eine Arglist des Teufels oder den Zeitvertreib eines Gottes liest...
Und ich habe darüber auch nichts anderes mehr hinzuzufügen, außer daß mich noch heute, da ich in besserer Gesamtverfassung schreibe, weiterhin die Erinnerung an jene Erdwälle und Terrassen verstört, an jene Wandelgänge und Verbindungsstege, Wände aus unbearbeitetem Tuffstein, Dächer aus undurchlässigem Lehm, Pfade, die zu einem bestimmten Ziel hinzuführen schienen und im Sande verliefen... daß mich noch immer das Exzentrische eines Wohnsitzes verstört, der sich, wie gewisse Musikstücke für einarmige Pianisten, vorsätzlich zumindest der Hälfte seiner möglichen Verwendungen und Funktionen beraubt hatte; und der nichtsdestoweniger, wenn auch derart mangelhaft, einen riesigen Bienenstock darstellte oder eine Traube von Bienenstöcken mit mehreren Königinnen, Königen, Drohnen, anmutigen Bienchen... eine Weide wie aus dem Märchen für einen Entomologen der menschlichen Sitten, für die unterzeichnete Scamporrino, Esther, alias Sotheby, Agatha, die darauf brennt, sich mit ihnen, den Individuen, voll Hingabe zu beschäftigen, angefangen bei den beiden an der Spitze, Medardo und Cipriana, dann nach und nach hinabsteigend bis zum Gefolge

der Gäste; schließlich bis zu den kleinsten Dienstboten und den Personen geringen Kalibers...
Über die Hausherren möge vorläufig eine Andeutung genügen: eine mit einer Wäscheklammer zusammengehaltene Ehe. Zwischen einer Verstörten – sie – mit heftigen Augen, von der in den Empfangszimmern der Stadt oder beim Wellenlegen im Friseursalon Gaetano das Gerücht ging, sie stoße beim Liebesakt derart mörderische Schreie aus, daß die Nachtwächter bei ihrer Runde alarmiert zusammenliefen... und einem bezaubernden Hanswurst – er – von streitbarer Gemütsart, von unlauterer und prahlerischer Gesinnung, der bereit war, sich für ein Händeklatschen zu verkaufen. Einer, der Publikum brauchte und Herausforderungen über alles liebte. Und dennoch bei der Arbeit ein Dickkopf, ein Unermüdlicher (»Ich finde keine fünf freien Minuten zum Sterben«, war einer seiner Sprüche). Nicht umsonst hatte er mir angeordnet, ihm in den heißesten Augusttagen bei der Arbeit unter die Arme zu greifen, inmitten jener Ansammlung feiner Damen und fauler Herren, von denen alle mehr oder weniger wegen früherer oder jüngster Streitereien uneins mit ihm waren. Für mich, die vorgeblich Dämliche hinter den Kontaktlinsen, war es ein leichtes, unter diesen die einer Forschung an Ort und Stelle Würdigsten herauszufinden und, den Anlässen und meinen Bemühungen entsprechend, ihre versteckten Ressentiments auszuwittern.
Der Rechtsanwalt Apollonio Belmondo war um die Fünfzig, ein Schönling und Schönredner. So sehr aber, daß er den Zuhörern immer den Eindruck ver-

mittelte, an der Nase herumgeführt zu werden. So wie wenn ein Fotograf Sie ersucht, »cheese« zu sagen, oder wenn ein Arzt Ihnen den Blutdruckmesser um den Arm schnallt, und Sie kriegen mit, daß sein Geplauder über Regen oder Sonnenschein ein in freundlicher Absicht fauler Trick ist, um Ihnen jegliche Spannung zu nehmen.

Seine Frau Matilde (geborene Garro; und so, wer weiß, warum, nannte er sie auch) war überaus, in vielerlei Hinsicht unwahrscheinlich schön. Eine perlfarbene, schweigsame Göttin, die gegen die braunen Stiche der Sonne unempfindlich schien und in der Hundstagshitze den parischen Marmor ihres Leibes mit königlicher Nonchalance spazierenführte.

Gleichfalls schön: Lietta, die Tochter aus ihrer ersten Ehe, im Unterschied zur Mutter aber dunkelhäutig und von lautem Gehabe. Sie war zu uns aus der Verbannung irgendeiner Therapiegemeinschaft gekommen, wo man sie entgiftet hatte, und hing nun die ganze Zeit am Telefon, um in die vier Weltrichtungen, wo immer sie einen Freund haben mochte – und sie hatte welche jeglicher Rasse und Farbe –, ihr Bedauern und ihr beinah schlechtes Gewissen darüber hinauszuschreien, daß sie geheilt sei. Mit einem einzigen Überbleibsel der Krankheit, soviel zu bemerken möglich war: einer Bewegungswut, die sie nicht einen Augenblick stillhalten ließ, sondern sie zwang, einmal die Bäume hochzuklettern, einmal zum Ton eines Transistorradios im Ohr vor sich hinzuzappeln, einmal barfuß den schmalen Strand entlang auf und ab zu rennen, bis sie außer Atem war...

Unzertrennlich von dem Mädchen aus menschenfreundlichen oder allzumenschlichen Gründen: Giuliano Nisticò, ein Theosoph und Frömmler, Star eines privaten Fernsehsenders und Autor eines Bestsellers über die – ansonsten Trägheit genannte – Hypochondrie in den mittelalterlichen Klöstern. Der Verleger hatte ihn vermutlich eingeladen, um ihm einen neuen Vertrag abzuluchsen. Nisticò war fast immer als Priester gekleidet, womit er gern den Glauben erwecken wollte, noch immer einer zu sein (doch allseits sagte man, daß er nur ein aus dem Seminar ausgestoßener Ex-Seminarist sei). Das Kreuz dieses gebildeten Scharlatans, dieses schüchternen Kraftprotzes war es – ich erröte, wenn ich davon berichte –, daß er in aller Öffentlichkeit unbeherrschbaren und jähen Erektionen ausgesetzt war. Es nutzten keine kalten Duschen, um ein derart wallendes Blut in die Schranken zu weisen, noch genügten Feigenblätter aus großen Zeitungen als Tarnung, wenn es ihn wieder einmal erwischte. Da alle sich schon daran gewöhnt hatten, war ich die einzige, die es geflissentlich vermied, ihn in seiner Bedrängnis anzuschauen, wie er sich, in seiner schwarzseidenen Kutte zusammengekauert, aus Verzweiflung mit dem Heruntersagen der »Letzten Dinge« oder der Texte der Kirchenväter in der Mignéschen Ausgabe abreagierte.

Ein Duett, er und das Fräulein Lietta, das anrüchiger nicht sein konnte, in dem auch die wechselweisen Qualen des Geistes und des Fleisches mit größerer Heftigkeit nicht hätten walten können...

Ein anderes Paar, auch nicht verheiratet, waren der Bildhauer Amos Soddu und die Graveurin Daphne Duval. Amos war ein großgewachsener, vierschrötiger Sarde, der Knochen aus Eisen zu haben schien; Daphne eine bleichsüchtige, fadendünne Genferin, von der man sich nur schwer vorstellen konnte, wie sie die Liebesumklammerungen jenes Zyklopen über sich ergehen lassen konnte, ohne daran zu sterben. Der allerdings ließ aus seinen enormen Händen Mobiles von perverser Kargheit entstehen, die wie Federn, Ranken, Libellen in der Luft zitterten, während seine ätherische Gefährtin den Stichel mit dem Ungestüm einer Erdolcherin in die Platte rammte... Sie gaben sich beide nebenbei auch mit der Malerei ab, und da sie hier in den Villen nicht die Möglichkeiten ihrer Stadtateliers hatten, sah man sie, wenn sie nicht gerade unterwegs waren, um Skizzen zu machen, in ihren Mußestunden mit Malerpinseln auf Leintüchern herumwirtschaften, die an die Wand genagelt waren; von da an luden sie die Vorüberkommenden zu einer großen Winter-Ausstellung mit dem Titel »Die Leichentücher« ein.

Dann war da noch der Geschäftspartner des Bosses, und zwar sein Schwager Ghigo, zusammen mit Cipriana der einzige Übriggebliebene einer einstmals illustren Familie. Ist Ihnen das Profil von John Barrymore in »Grand Hotel« gegenwärtig? Das seine war auf kuriose Weise ein Abklatsch davon, wenn auch auf die verkorkste Art einer Karikatur. Und ein Verkorkster, auch im Gemüt, war Ghigo; einer, der beim bloßen Erscheinen schon einen Geruch kleinlicher Bosheit verströmte. Stets verletzten seine Worte, stets barg sein Schweigen ein Gift (»Acqua Tofana«, »Gifttrank«, nannten sie ihn im Unternehmen). Es erstaunte also niemanden Medardos Absicht, Ghigos

Aktien auf der Börse, ob sie nun gut oder schlecht standen, zurückzukaufen und ihn so auszuschalten, redete man doch in allen Korridoren des Verlags darüber. Es erstaunte hingegen, und zwar einigermaßen, daß er ihn hier herunter eingeladen hatte.

Bliebe zum Abschluß der Parade noch eine junge Mutter. Die einzige, zusammen mit dem gerade genannten Ghigo, die ich bereits kannte, da ich mit ihr im Verlag zu tun bekommen hatte, wobei ich von ihr den Eindruck einer hochmütigen Schlange gewonnen hatte. Diese Person war Lidia Orioli, die Expertin hierzulande für Kriminalliteratur, seit sie mit einer Dissertation über »CHRONOS UND TOPOS bei den weniger bedeutenden englischen Kriminalromanautoren der dreißiger Jahre« promoviert hatte. Jetzt die Herausgeberin der Reihe »Die Katze und der Kanarienvogel« und in ihrer Freizeit die tröstbare Witwe eines im Zuchthaus verstorbenen Abgeordneten. Vom Söhnchen – ich erinnere mich nicht, ob Giacomo oder Gianni – war nicht viel zu sagen, außer daß er auf dem jugendlich bärtigen Kinn beinah mehr Pickel hatte als ich meinerseits Sommersprossen; und daß er nach Lakritze roch...

Dies also die Spieler der Partie. Und als eine Partie, die Regeln, einem Zeremoniell, Fristen unterlag, erschien sie mir sogleich: das Bad oder der Aufenthalt im Solarium oder die Bootsfahrt am späten Vormittag; das Mittagessen nach der Rückkehr, für gewöhnlich zu zweit, jedes Paar in seiner Villa; das gemeinsame Abendessen. Am Nachmittag waren die Wahlmöglichkeiten vielfältiger. Die einen erlagen den Verlockungen der Siesta, andere wieder denen des rachedurstigen Kampfspiels: endlose Canastapartien auf der Terrasse, in Grabesstille, unterbrochen von unflätigen Jähzornsausbrüchen; Schachwettkämpfe unter den Bäumen, Apollonio gegen Medardo. Da letzterer viel besser spielte, gewann er stets, sogar mit dem anmaßenden Handicap, blind zu spielen (»mehr oder weniger wie Gott«, kommentierte Apollonio grollend).

Ein Fall für sich: Lietta und ihr Kreisen um den Gartenpavillon, wie ein Zugtier rund um das Schöpfwerk: ein einsames, besessenes Gehen vor dem Priester, der dastand und sie nicht aus den Augen ließ, manchmal zu ihr hinlief, um ihr mit einem großen Schneuztuch den Schweiß abzutrocknen, so wie die Trainer der Kämpen am Rande der Kampfbahn...

PS: Ich vergaß die Dienerschaft. Alle Farbige, drei Frauen und zwei Männer. Komparsen, von denen nur einer die Taufe verdient: ein »Neger für alles« mit einem unaussprechlichen Namen, der nach Übereinkunft aller der Negus Negesti beziehungsweise Haile Selassie genannt wurde... Und ich vergaß den namenlosen Gorilla des Verlegers, aus dem guten Grund, daß man ihn wenig oder gar nicht sehen wird. Da Medardo argwöhnte – das war die allgemeine Ansicht –, daß dieser ihm zu sehr mit seiner Frau liebäugle, oder vielmehr: daß diese ihm schöne Augen mache, hatte er ihn überstürzt in die Stadt zurückgeschickt...

II
Der Tanz des Bären

Je nach den Jahreszeiten gemahnte Medardo an einen Tatarenkrieger oder auch an einen echten Zirkusbären. Während der kalten Tage sahen wir ihn jeden Morgen, eine Wollmütze mit Augenschlitzen über dem Kopf, mit Schal, Trenchcoat, Schneegamaschen aufgetakelt, im Verlag ankommen; und schon am Eingang derart gewaltig und barbarisch auftreten, daß die Reihe der wartenden Bewerber zu Tode erschrak...
Sommers aber, da er sich gerne entkleidete, doch viel weniger gerne bräunte, entblößte er unter zwei hängenden Tüchern festes und gedrungenes Fleisch, das ein wucherndes, frühzeitig weiß gewordenes Vlies leuchtend drapierte. Da auch ich eine getreue Anhängerin des Schattens war, hätte eine solche Gemeinsamkeit genügt, uns an den Sommermittagen zusammenzuführen. Tatsächlich begann unser Zusammensein aber schon zu ganz früher Stunde, das heißt: unabänderlich um sieben, was für uns beide die Zeit zum Aufstehen war, wann immer wir auch in der Nacht zuvor schlafen gegangen sein mochten. Sogar im Urlaub – einem sogenannten Urlaub – und obwohl er in den letzten Monaten durch eine Verschlechterung seines Gesundheitszustandes mitgenommen war, verlangte mein Arbeitgeber von mir die gewohnte planmäßige Zusammenkunft. Nicht

daß ich mich darüber beklagt hätte, keineswegs. Ich hatte im Gegenteil Gefallen daran, in der lauen Wärme des frühesten Morgens, wenn die meisten noch im Tiefschlaf lagen, aus meinem hübschen kleinen Quartier hinauszutreten, mit wenigen Schritten die Außentreppe zu erreichen und dort einen Moment zu zögern, ob ich hinaufsteigen sollte, um mich vom Balkon der Rotunde, zwischen der einen und der anderen Büste der großen Geister hindurch, an irgendeinem Ausschnitt des Panoramas zu ergötzen, oder gleich in das Wäldchen hinabsteigen sollte, wo er gewiß ungeduldig auf dem Thron saß, schon bereit, einen Text aufzusetzen, zu entwerfen, zu diktieren. Wie köstlich in jedem Fall der herbe Duft der salzigen Luft, der mir in die Nase drang, der Himmel und Meer einende Horizont, der sich vor meinen Augen öffnete wie ein riesiger Zirkel! Aus Vorsicht und Aberglaube wagte ich nicht, es mir einzugestehen – aber angesichts jener Palette von Blaugrün, Türkis und Himmelblau mit kaum ein paar Tupfen von zartem Weiß konnte ich mich nachgerade überzeugen, glücklich zu sein, und war es sogar wirklich. Nicht umsonst antworte ich seit damals auf die Frage nach den Farben des Glücks: Blau und Weiß. Das Blau, von dem ich gerade gesprochen habe, plus dem Weiß von den »Malcontente«, das nicht weniger beeindruckend war als jenes Blau. Alle Villen hatten tatsächlich eine Aura aus reiner Weiße, einschließlich der Bewohner und allem, was dazugehörte: Weiß gekalkt waren nicht nur der Verputz und die Balken, sondern auch die Stämme der Bäume von der Mitte abwärts; aus weißem indischem Leinen war von

Kopf bis Fuß die Kleidertracht, die der Gastgeber den Tischgästen abends aufzwang; makellos weiß waren die Badetücher, in die sich die Damen hüllten, bevor sie sich wie Gespenster außer Dienst auf dem Strand ausstreckten, um sich die Haare zu trocknen...

Das geschah natürlich bei praller Sonne, wenn ich schon eine ganze Weile auf den Beinen war. Für mich begann der Tag regelmäßig beim allerersten Morgengrauen, und so war es auch an jenem vierzehnten August, an dem meine Geschichte anfängt.

Der Tag davor, der Tag vor dem Vorabend von ›Ferragosto‹, war mit recht anstrengendem Nichtstun vergangen. Die ganze Zeit draußen auf dem Meer mit den anderen, zum Fischen und zum Schwimmen. Nur der Boß war nicht dabei. Er hatte es vorgezogen, ungestört in den Villen zurückzubleiben, und es mir – zum ersten Mal – freigestellt, mich der Gesellschaft anzuschließen. Ich hatte mit einigem Widerstreben gehorcht, in Anbetracht meiner untergeordneten Stellung und aus Angst, einerseits die herablassende Selbstgefälligkeit der Kavaliere, andererseits die unvermeidliche Affektiertheit der Damen ertragen zu müssen. So war es letzten Endes auch, aber ich ließ es mir trotzdem nicht nehmen, mich an dem zwiefachen Schauspiel der Natur und einer Herde Menschen in Aktion zu erheitern, wenn diese sich in einem engen Gehege ergeht und die Wesensarten, die besseren wie die schlechteren, ungehemmt zutage treten. Es erheiterte mich, aber es ermüdete mich auch. Abends nach der Rückkehr fiel ich in einen bleischweren Schlaf, aus dem ich am folgenden Tag

guter Dinge erwachte, darauf brennend, mich herauszustaffieren. Darf ich Ihnen anvertrauen, daß ich mir, als ich mich beim Weggehen im Spiegel anschaute, ausnahmsweise gefiel? Ich hatte ein geblümtes Kleid aus indischer Gaze an; an den Füßen trug ich bei einem Frühjahrsausverkauf gekaufte goldfarbene Sandalen, die man heute nicht mehr anzieht; eine Verstärkung aus Stoff täuschte auf meiner Brust zwei vielversprechende Erhebungen vor; ein Strich Rouge markierte meine Lippen, aber nur soviel, um ihre nichtssagende Schmalheit zu kaschieren...
Gerade da schrillte das Telefon (ein winziges, tragbares, das mir Medardo geschenkt hatte, um mich bequemer aufstöbern zu können): »Hallo«, sagte ich, wie es in Filmen üblich ist.
»Ich höre dich schlecht«, sagte die Stimme des Gebieters. »Geh näher an die Basisstation.«
Ich tat es und zog mich in die Ecke des Zimmers zurück.
»Eins, zwei, drei, Probe«, sagte ich.
Es amüsierte mich, derart die Ansagerin zu spielen, er aber machte kurzen Prozeß: »So ist es besser. Jetzt aber komm sofort in den Wald herunter, ich muß dich sehen.«
Noch ein prüfender Blick, und mit mir zufrieden eilte ich in Richtung Gartenwäldchen, an dessen Rand eine Lichtung war, die der Verleger als sein Refugium ausgewählt hatte und die er schlicht »das Büro« nannte, wir alle aber »den Thronsaal«, wegen des protzigen Armstuhls an der Wand der Rotunde, wo er, würdevoll sich gebärdend, thronte.
Auf dem Weg überraschte ich (schon so früh aufge-

standen?) Ghigo Maymone von hinten. O Gott, sagte ich zu mir und fand mich schon damit ab, seine bissigen Ungeheuerlichkeiten über mich ergehen zu lassen. Ghigo war wirklich (ich wiederhole mich) ein mieser Kerl von Natur aus, und es machte ihm Spaß, sich als Verfolger der weniger Schlagfertigen aufzuspielen. Von Amos zum Beispiel, dessen im Winde so schwankende Kunstwerkchen er beschuldigte, Beleidigungen und Widerrufe der Schöpfung zu sein. Dergleichen spitzfindiger Quatsch brachte ihn auf Touren, obwohl es ihm nie gelang, die Überheblichkeit des Bildhauers zu erschüttern. Mehr Erfolg hatte er bei Hochwürden Giuliano, der sein bevorzugtes Ziel war und den er gerne mit den Soldaten am Heiligen Grab verglich, verschlafenen Wächtern eines bereits leeren Lochs...

In solchen peinlichen Situationen stieg dem vorgeblichen Prälaten eine Röte in die Wangen, während Lietta an seiner Seite offensichtlich vor Wut kochte. Was das Vergnügen des Herrn Ghigo nur noch erhöhte... Weniger durchschaubar war seine Beziehung zum Schwager, Geschäftspartner und Hausherrn. Ein »badmen's agreement«, nach seiner eigenen Definition, eine Übereinkunft unter Gaunern, bei der es zwischen den beiden kreuzweise um Erpressungen ging, die sich gegenseitig aufhoben; um Offenlegungen von Bankangelegenheiten, doppelte Buchführung, dringliche Hypotheken, die nur darauf warteten, in Dämonengestalt durch einen Spalt im Gemäuer hereinzuschlüpfen... Alles das mittels unmerklicher Zeichen, will sagen: Wortfetzen, Wortwirbel, verschlüsselter Anspielungen, Umschreibungen, denen ich manchmal verblüfft folgte, wie von der Linienführung einer sublimen Arabeske gebannt.

So standen die Dinge, und als ich ihn einholte und überholte, empfand ich etwas Angst, da ich mir nicht sicher war, ob er auf mein zögerndes »Guten Tag« ein harmloses »Tag, Esther« (Esther, wohlgemerkt, nicht Agatina) erwidern würde, was, so beruhigend es für mich war, mich dennoch auch enttäuschte.

Noch hurtiger eilte ich also zur Verabredung mit meinem gebieterischen Hexenmeister, und ich fragte mich dabei – ein Gedanke ergibt sich aus dem anderen –, weshalb ich mich wohl in ihn noch nicht verliebt hatte. Besaß er doch in hervorragender Weise die Eigenschaften, die ich an einem Mann am meisten schätze: Großherzigkeit, Sinn für Theatralik, Ironie... Mit der bittersüßen Würze eines Tropfens Dünkel...

»Leg den Notizblock weg«, sagte er zu mir, sobald er mich sah. »Ich habe dir nichts zu diktieren, heute ist der Laden geschlossen. Heute gibt es eine Bootsfahrt für alle, und ausnahmsweise will auch ich dabeisein...«

So etwas! Mich derart eilig herzubestellen, um mir das zu sagen... Und persönlich auch noch... Genügte nicht das Telefon?

Ich schaute ihn heimlich an. Im fahlen Licht der frühen Sonne erschien er mir noch ausgemergelter, noch schutzloser. Sogar seine Stimme klang brüchig vor ahnungsvoller Melancholie.

»Ich wollte dich auch warnen«, sagte er nach einer Pause. »Hier wird demnächst Schwerwiegendes vor-

fallen. Ich möchte, daß du dich da heraushältst, ich möchte, daß du davon nicht in Mitleidenschaft gezogen wirst... Hier auf alle Fälle ein Scheck für dich. Dein Gehalt für zwölf Monate außerordentlicher Liebenswürdigkeit. Als Entgelt...«
»Wofür?« stammelte ich verwirrt, »wofür?«
»Sagen wir: als Entgelt für deine gegenwärtige und zukünftige Loyalität«, erwiderte er ausweichend und lächelte. Dann erhob er sich vom Thron, kam nahe an mich heran, beugte sich zu meinem Ohr, obwohl keine Menschenseele rundum zu sehen war, und flüsterte mir vor dem Weggehen zu: »Finde dir einen Mann. Es ist schlimm, allein zu sein. Um nicht allein zu sein, bin ich gezwungen, mich aufzuspalten und einen ewigen Bürgerkrieg zwischen meinen zwei Hälften zu ertragen...«
Du lieber Gott, was für eine Phrase! Eine jener Eindruck schindenden, die er sich vor einem wichtigen Essen für gewöhnlich mit einem Buntstift auf der Manschette notierte... Komisch, daß er sie an eine simple Sekretärin verschwendete. Und unter soviel zweideutigem Geschwätz...
Ich kam aus dem Staunen nicht heraus, und in diesem Zustand blieb ich noch lange auf dem Felsblock, den ich mir bei der Gelegenheit als Sitzplatz ausgesucht hatte. Ein verhängnisvoller Sitzplatz, der mir die vorhergehenden Male nicht aufgefallen war; und wollte Gott, er wäre mir auch weiterhin entgangen. Und zwar deshalb, weil er Spuren der Nachtfeuchtigkeit trug und mit klebrigen Halmen verschmutzt war. Woraus dann eine weibliche Verzweiflung entstand, als ich später, beim Umkleiden für die vorgesehene

Bootsfahrt, bemerkte – ich, die ich wirklich keine mit einem schönen Hinterteil ausgestattete Venus bin –, daß ich ganz schön viel davon, wie eine Aussaat von Faschingskonfetti, auf den Hinterbacken mitgeschleppt hatte. Um es kurz zu machen: Ich erreichte als letzte den Landungssteg, wo eine stirnrunzelnde Gesellschaft schon drauf und dran war, ohne mich in See zu stechen...

Das Meer und die Sonne versöhnten uns wieder. Das Boot schwankte auf einer Fläche allerschönster Wellen im strahlenden Glanz der lieben Sonne wie eine Wiege hin und her. Und wir spürten sie angenehm auf unseren halbgeschlossenen Lidern, jeder dort, wo ihn die Mattigkeit erfaßt hatte, mit einem baumelnden, über Bord eingetauchten Arm, der die fließenden Strähnen des Wassers teilte. So wären wir bis zum Anlegen geblieben, wenn nicht Lidia Orioli in ihrer notorischen Aufdringlichkeit das Schweigen unterbrochen und ausführlichst ihre Ansicht über das letzte »Mystfest« und das Wesen des kriminalistischen Rätsels geäußert hätte. Das Resultat war, daß Aquila unter seinem ihn vor den Sonnenstrahlen schützenden mexikanischen Hut sich aufrüttelte und, ihr ins Wort fallend, mit einem seiner improvisierten Monologe loslegte. Ich beugte mich unwillkürlich vor, darauf bedacht, möglichst nicht aufzufallen. Ich liebe diese Gespräche, die nicht wie ein Pfeil, sondern wie eine Spirale und ein Knäuel sind: Reisen, die nirgendwo sonst hinführen als in die müßige Mitte eines Labyrinths.

Nicht anders war es diesmal, obwohl am Ende eine

Überraschung, wie man gleich sehen wird, alles auf den Kopf stellte.
»Ich bin Verleger von Beruf«, begann der Verleger, »und ich versteife mich nicht darauf, mich auf Gebieten für Spezialisten aufzuspielen, aber ich glaube an die Unsterblichkeit der literarischen Gattungen. Zu viele Male schon habe ich gesehen, wie sie, die mit Heugabeln zur Tür hinaus gejagt worden waren, am Fenster wieder auftauchten... Ich glaube aber auch, daß man alle auf ein einziges Schema und einen einzigen Stamm zurückführen kann: das Genre des ›mystery‹.«
»Alle?« zweifelte wohlerzogen Daphne Duval.
»Ja, alle«, erwiderte Medardo. »Meiner Meinung nach gibt es keinen Handlungsumschwung, weder in der Vorstellung noch in der Wirklichkeit, der nicht diesem einzigen Paradigma entsprechen würde.«
»Auch das Märchen vom Aschenbrödel?« insistierte Daphne, während sie den Zweiteiler auf ihren mageren Gliedern glattstrich. »Auch der Rosenkrieg?«
»Auch mein Leben?« mischte sich mit leiser Stimme Lietta ein.
»Ja, sicher«, bestätigte der Verleger. »Vorausgesetzt, man entdeckt die richtige Nahtstelle. Tatsache ist, daß der Mensch seit dem Höhlenzeitalter bei der Erledigung aller seiner Überlebenspraktiken, vom Koitus bis zur Jagd, sich immer als Akteur eines Stückes in drei Akten wiederfand, von denen der erste aus einem Unbehagen bestand, der zweite aus einem Wettkampf, der dritte aus einer Befriedigung. Die gleiche Dialektik von Dunkelheit, Spannung und Licht, die mir dem Kriminalroman innezuwohnen scheint...«

An dieser Stelle lenkte eine Möwe unsere Blicke auf sich, setzte sich auf die Bootsmesse, krächzte auffordernd. Enttäuscht, kein Gehör zu finden, flog sie wieder weg.

»Wenn es darum geht«, fing Lidia Orioli wieder an, »so beschreibt ja auch die griechische Tragödie am Beginn eine Krise und am Ende eine Befriedung.«

»Auch Empedokles in seinem ›Sphairos‹...«, bemerkte ich schüchtern, aber Ghigo fiel mir ins Wort und sagte mit einem viel Zahnfleisch zeigenden Lächeln:

»Auch ich in meiner kleinen Welt, wenn ich morgens mit den Schuhbändern raufe und den Krawattenknoten, auch ich trachte danach, daß sich das Verwickelte in ein Happy-End auflöst...«

»Bänder, Knoten...«, lachte ihn Belmondo höhnisch aus. »Sie reden eher von Nahkämpfen mit den Gerichtsvollziehern...«

Aber der Verleger: »Du gießt Wasser auf meine Mühlen. Und ich bin froh, daß auch du dich mit tausenderlei Unzulänglichkeiten herumschlagen mußt, die bewältigt sein wollen. Wie der Hunger, der aus einem Zustand zu großer Leere entsteht; wie die Brunst, die aus einem Zustand zu großer Völle entsteht...«

Nun jedoch mischte sich Amos ein: »Aber ist denn das wirklich wahr?« fragte er. »Ist es wirklich wahr, daß alles in der Natur bestrebt ist, aus Krieg Frieden zu machen, von Ungleichem zu Gleichem überzugehen? Oder ist nicht das Gegenteil wahr? Das Prinzip der Entropie...?«

Bei diesem Stichwort erwiderte ihm Daphne: »Bitte,

komplizieren wir doch die Dinge nicht, was hat denn das mit dem Kriminalroman zu tun?«
Es war nicht Medardos Art, sich vom Thema abbringen zu lassen: »Ich bleibe bei dem, was ich sehe und was ich verstehe. Die Schöpfung ist eine Gleichung mit Milliarden von Unbekannten, die aufzulösen wir spielen, bevor ein Schwamm, indem er uns auslöscht, sie auslöscht. Unter diesen ist der Tod die Hauptunbekannte, die, die der Welt am meisten zu schaffen macht. Besonders ein mutwillig herbeigeführter Tod, dessen Urheber man nicht kennt... Ist es nun nicht der stärkste unserer Instinkte, ihn der Willkür des Mysteriösen zu entreißen, ihn in das Flußbett der vertrauten Logik zurückzutragen und ihn so wieder in unseren Kosmos einzulassen?«
Er überlegte einen Augenblick: »Provisorisch, versteht sich. Die Vernunft gewinnt immer die kleinen Geplänkel, aber niemals eine Schlacht, die zählt.«
Ich klatschte an dieser Stelle naiv in die Hände. Aber Lidia Orioli sagte: »Irre ich mich, oder ist, auf die Politik übertragen, dieses dialektische Moment das, was wir Restauration nennen? Die Kriminalliteratur wäre also dann rechtslastig?«
Medardo zuckte die Achseln: »Es ist die Revolution, die zuerst einmal davon träumt, das Ungleichgewicht in eine Ordnung zu verwandeln, die Ungerechtigkeit in Gleichheit umzugestalten. Auf bescheidenere Art, und nicht mehr und nicht weniger als die Medizin oder die Religion, ist die polizeiliche Ermittlung bestrebt, eine Angst zu bannen, indem sie sie überprüft oder, wenn das nicht möglich ist, verfälscht...«
Er redete in den Wind, keiner schenkte ihm mehr Ge-

hör. Alle schauten wir auf Lietta, die, um der Langeweile der Diskussionsrunde zu entfliehen, schon vor einigen Minuten ins Wasser gesprungen war und nun, da sie dem Boot nicht nachkam, lauthals darum bat, daß wir sie wieder an Bord nähmen. Aus dem Wasser aufgetaucht, streckte sie sich triefend und nackt zu den Füßen Nisticòs aus, der sie ziemlich unbeholfen mit zwei Seiten des »Corriere« bedeckte, sich gleichzeitig aber so selbst entblößte; um uns von der Szene abzulenken, und gleichsam zu sich selbst, sagte er dann: »Medardo, Sie sprechen ›pro domo sua‹; und ›domus‹ bedeutet in diesem Fall Verlagshaus, eines, das auf Krimis spezialisiert und darauf angewiesen ist, sie zu verkaufen.«

Als Antwort begann der Verleger zu lachen, und wir verstanden nicht, warum; dann hörte er schlagartig damit auf und wischte sich mit dem Taschentuch die Lippen und die Nase ab, fast als hätte es sich nicht um ein Lachen, sondern um ein Niesen gehandelt.

»Nicht ›pro domo‹ – kontra«, schrie er und schaute wie ein heiterer Geistesgestörter um sich. »Und ich sage es deutlich: Heute erfüllt der Kriminalroman nicht mehr die teils zivile, teils therapeutische Aufgabe, die ihm früher oblag. Heute ist der Detektiv nicht mehr der Lange Arm Gottes, das Eine Aug auf Seiner Stirn. Was er denkt, ist Dunst, unstet wie deine Skulpturen, lieber Amos; nervenkrank wie deine Klosterbrüder, lieber Giuliano. Erschwerend kommt hinzu, daß er es nicht verschmäht, wenn nötig, handgreiflich zu werden. Außerdem geht er zuviel, er hat Schweißfüße...«

»Na endlich, jetzt sind wir wieder soweit. Er hat es

auf Marlowe abgesehen«, vertraute mir mit einem Ellenbogenstoß Lidia Orioli an, aber nicht leise genug, als daß es nicht alle gehört hätten.
Im Gefühl unserer Verbundenheit faßte sie Mut: »Ich protestiere energisch. Möchtest du vielleicht...«
Aber Aquila: »Ja, ich spiele auf Marlowe an, obwohl ich deswegen der schlechteren der beiden Agathen nicht das Wort reden möchte...«
Er schaute mit einem plötzlichen Lächeln zu mir her, dann: »Marlowe ist ein unseliger Stänkerer; Poirot und Sherlock sind zwei aufdringliche Kerle. Mit keinem der drei wäre ich nachts bei einem Blackout gerne in einem Aufzug. Meine Helden sind Zadig, Dupin, Rouletabille... Es stimmt, daß ich auf die Christie schlecht zu sprechen bin, seit mir ein gleichnamiges Auktionshaus eine Kommode ›Zweites Empire‹ als ›Régence‹ andrehen wollte...«
»Siehst du, wie er ist?« murmelte Lidia neben mir. Gleichzeitig verstand ich endlich, warum ich im Verlag Sotheby genannt wurde. »Für ein Wortspiel würde er seine Seele verkaufen. Er hat übrigens nie in seinem Leben Antiquitätenhändler aufgesucht. Er sammelt nur Radierungen von Velly und Temperamalereien von Guccione.«
Medardo war jetzt in Fahrt gekommen: »Und dabei rede ich ja gar nicht von dem Trick der alten Schachtel, durch den es immer sehr viele sind, die einem den Tod wünschen, ein eher seltener Zufall in der Wirklichkeit; so wie es selten, um nicht zu sagen: unmöglich ist, daß sich jeder Verdächtige auf die Sekunde genau daran erinnert, was er zur kritischen Stunde

des Verbrechens mit seiner Zeit gemacht hat, wo doch weder ich noch ihr zum Beispiel sagen könntet, wie lange das Abendessen gestern gedauert hat und was die Speisenfolge gewesen ist... Dazu kommen noch die lächerlichsten Vorwände, um so ein gutes Gedächtnis zu rechtfertigen: Der Pfiff des Abendzugs nach Brighton sei gerade zu hören gewesen... Im Fernsehen sei die beliebte 21 Uhr 22-Unterhaltungssendung gelaufen... Der Milchmann habe in jenem Moment geklopft, und der, das weiß man doch, sei pünktlicher als die Mittagssirene... Schrecklich!«

»Apropos, Mittag ist schon eine ganze Weile vorüber, und hier speist man nur Worte.« Cipriana vergaß nicht einmal auf See, daß sie die Hausherrin war. Sie gab Haile das Zeichen zum Servieren, und der Negus machte sich an dem Sack mit den Lebensmitteln zu schaffen, ging ein wenig schwankend rundherum und teilte, als das Gespräch einmal innehielt, Eßkörbchen und Getränke aus. Aber Belmondo, mit einem Anlauf: »Und doch bin ich bereit zu wetten, daß jeder von uns, ginge es um Leben und Tod, die allergenauesten Erinnerungen aus dem Gedächtnis herausfischen könnte...«

Ein Stimmengemurmel aus vollen Mündern gab ihm recht.

»Ich wette dagegen!« erwiderte der Verleger. »Man müßte einmal am folgenden Tag über unser Verhalten am Vortag im einzelnen Rechenschaft ablegen, das ergäbe vielleicht ein Gelächter.«

Er schien seine Freude an sich selber zu haben: »Das könnte ein Spiel sein, das man sich patentieren las-

sen sollte. Es könnte heißen: ›Wo warst du gestern um 16¹⁷?‹ oder ›Das Makulatur-Alibi‹…«
Er verlangte von Selassie eine Papierserviette, um darauf mit Bleistift, so gut es beim Schlingern des Bootes ging, die Punkte der Aufgabenstellung festzuhalten. Mich ernannte er zur Sekretärin, Kassiererin und Richterin. »Jeder Tag ab heute gilt. Ich fordere euch, die ihr darauf nicht gefaßt seid, auf, euch an jede eurer Handlungen, Stunden und Minuten jedes Tagesablaufs von jetzt an zu erinnern…«
Wir waren auf dem Weg zurück, und im Sonnenglanz ähnelten Gesichter und Leiber denen goldener Götzen. Wir streckten uns wieder im Boot aus, lagen schweigend da. Aber der Verleger rutschte nah an mich heran und kam mit unerklärlicher Hartnäckigkeit auf die Wette zurück.
»Schon morgen«, flüsterte er mir zu, »versuche auf einem Blatt alles aufzuzeichnen, was du an jedem von uns bemerkst, Kleidung, Kommen und Gehen, Stunde und Minute des Erscheinens und Verschwindens. Wir werden sie dafür zur gegebenen Zeit zur Rechenschaft ziehen. Du wirst sehen, das ergibt ein Gelächter!« wiederholte er, aber seine Worte hatten einen falschen Klang.
Lidia Orioli erhob sich, neigte sich zu uns herunter: »Meinetwegen«, sagte sie, »wenn aber, wie du sagst, das ganze Leben ein ›mystery novel‹ à la ›Geschlossenes Zimmer‹ ist, nach dem sich die ganze Literatur richtet; wenn also ›tout au monde existe pour aboutir à un polar‹, um den bewunderungswürdigen Stefan ein wenig zu parodieren, wäre es dann nicht angebracht, unsere Reihe zu einer populären ›Bibliothek

der Klassiker‹, zu einer Art Krimi-›Pléiade‹ zu erweitern?«
»O nein!« schrie beinah Medardo, und augenblicklich war uns klar, daß er auf den Moment gewartet hatte, um sich einen Knalleffekt zu leisten, so groß war der Triumph, der in seinen Augen glänzte. Sogar der Negus, der damit begonnen hatte, die Erfrischungen zu servieren, erstarrte in aufrechter Haltung, wie ein schwarzer Sklave aus »Dornröschen«.
»O nein!« wiederholte Aquila. »Wenn die Dinge so stehen, wenn jede unserer Handlungen die Peripetien einer Ermittlung nachäfft, wozu soll es dann gut sein, nicht vorhandene zu erfinden? Das Leben genügt, die Kunst ist überflüssig, wahrscheinlich schädlich. Kurzum, ich erkläre feierlich, daß ich von heute an nicht mehr daran glaube, und lasse den Rolladen herunter. Der nächste Band, der schon in Druck ist, die drei gerade erst wiederaufgefundenen Kapitel der ›Gräßlichen Bescherung‹, wird der letzte sein, der herauskommt, um in Glorie zu enden...«
Er setzte zur Bestätigung eine verzückte Miene auf:
»Es wird«, sagte er pathetisch, »wie das letzte Hochamt sein, das ein Gegenpapst zelebriert, bevor er sich aus einem Fenster des Vatikans stürzt...«
O Gott, war mein erster egoistischer Gedanke, was für ein Schlag ins Genick meines armen *Qui pro quo*. Gerade jetzt, da ich mich entschlossen hatte, es ihm heimlich zwischen die ankommende Korrespondenz zu legen, wie eine ledige Mutter die Frucht ihrer Sünde auf das Drehbrett des Klosters... Aber noch

mehr beeindruckte mich der halb stöhnende, halb brüllende Basso continuo Lidia Oriolis neben mir.
»Wie?« stieß sie schließlich hervor, während sie zwischen ihren braunen, vertrockneten Fingern ein Brotstäbchen zerbröselte. »Ich habe doch einen Vertrag!« heulte sie auf und verschüttete das halbvolle Glas auf ihrem Schenkel. »So geht es nicht!« Und Ghigo, der auch aufgestanden war, brummte: »Seht ihr denn nicht, daß er blufft? Wenn ich, der Partner mit dem kleineren Anteil, nichts davon weiß...«
Schon war man am Anlegeplatz, und den allseitigen Vorhaltungen begegnete der Verleger mit Schweigen. Als er als erster aus dem Boot ans Ufer stieg, sagte er mit einer Befangenheit, die seine plötzliche Müdigkeit zeigte und ihn noch einmal einem alten Tanzbären ähneln ließ, an die Verbliebenen gewandt, nur das: »Die Wette gilt weiterhin. Und selbstverständlich die Gastfreundschaft.«

III
Anzeichen eines drohenden Erdbebens

Eigentlich hing ich ja an meinem Mittagsschläfchen. Aber mein Zimmer wurde bald zu einem Rummelplatz: Alle, einer nach dem andern, kamen sie und stellten indiskrete Fragen, wußten sie doch, daß ich die rechte und die linke Hand des Chefs war. Sie waren auf der Suche nach Bestätigung, aber noch mehr nach Widerruf; und ich hatte dem nur die Wahrheit entgegenzusetzen: daß ich über nichts etwas wisse, daß ich sogar in höchster Sorge um meine Stelle sei. Sie taten so, als glaubten sie mir, schauten mich schief an und gingen dann weg.

So arrogant sie sich auch mir gegenüber bisher benommen hatten, so waren doch die, die sich am emsigsten an den Fensterscheiben blicken ließen und, so gut sie konnten, hereinschielten, die beiden Damen Belmondo. Ich stand auf, um zu öffnen, und sah sofort, wie beunruhigt, wie neugierig sie waren, vor allem aber roch ich, daß beide mit ein und demselben neuen und starken Parfüm parfümiert waren, das mich eher an den Gestank toter Wanzen oder verfaulter Seerosen erinnerte.

Wunderschön waren sie beide, das kann ich nicht leugnen: die Tochter mit dem Grübchen am Kinn und der Wolke aus Haaren, die hinter dem Nacken wie eine Trophäe schwebte; die Mutter, gerade einer Metope aus Selinus entstiegen, den Fächer wie ein

Zepter in der Hand haltend. Nun hege ich, obwohl ich recht wenig Talent zur Lust habe (wie mir die enttäuschenden Manipulationen, denen ich mich ab und zu allein hingebe, beweisen), für die Schönheit – sei es die von Männern oder Frauen – eine uneingeschränkte Leidenschaft.

Da es das erste Mal war, daß sich die beiden herabließen, sich mit mir aus nächster Nähe abzugeben, betrachtete ich sie mit der Gier eines in die Stadt gekommenen Mädchens vom Lande vor seiner ersten Auslage... Aber es überraschte mich doch, daß die jüngere, der eine ähnliche Neugierde dem Anschein nach fremd war, bei dieser Aushorchmission mitmachte.

Sie blieben kurz. »Stimmt es«, fragte die Mutter, »daß es nicht nur darum geht, ›Die Katze und den Kanarienvogel‹ einzustellen, sondern daß Medardo alles auflöst? Stimmt es, daß er bald pleite geht? Du wirst doch nicht das Märchen, das er uns heute aufgetischt hat, glauben?«

»Zu schlimm, um wahr zu sein!« rief Lietta aus, ausnahmsweise den Nagel fast auf den Kopf treffend, hatte sie doch den Tick, das ursprüngliche Diktum auf schwachsinnige Weise zu verballhornen, wie es Schüler so gerne tun: »Zu kahl, um blond zu sein«, »Zu Fisch, um Wal zu sein« und ähnliche Scherze mehr.

Was sollte ich erwidern? Ich schwieg so lange, bis die Mutter mich verärgert stehenließ. Zurück blieb Lietta, und sie schien sich auch auf den Weg machen zu wollen, kehrte dann aber wieder um und fragte mich halblaut: »Hättest du nicht ein wenig Stoff?«

Ich war entsetzt. Als sie es satt hatte, auf Antwort zu warten, entfernte sie sich wie eine Schlafwandlerin.
›Schöne Heilung‹, dachte ich bei mir, da tauchte gleich darauf und gänzlich unvorhergesehen ein anderer Besucher auf. Eher um sein Herz auszuschütten, als um Fragen zu stellen – und dieser war Ghigo Maymone, kleinlaut vor Ungewißheit. Ein Monolog seinerseits, der keineswegs dazu angetan war, mich auch nur einigermaßen in Hinblick auf meine Zukunft zu beruhigen: »Erstens: Ohne meine Einwilligung kann er nicht verkaufen. Zweitens: Selbst wenn er seinen größeren Anteil verkaufte, hätte ich als Gesellschafter noch genug Macht, dir zu garantieren...«
Ich empfand ihn ausnahmsweise als menschlich. Aber als so wenig überzeugt von dem, was er sagte! Noch mehr, als ich ihn murmeln hörte: »An Katastrophen mangelt es mir persönlich wirklich nicht.« Er log nicht, und das bewiesen ein Ton definitiver Düsternis in seiner Stimme, die Tränensäcke unter den Augen und der Bart, der, morgens nicht oder schlecht rasiert, die ersten blauen Schatten auf seinen Wangen auszubreiten begann.
Die Worte des Priesters waren naiv zornig: »Und meine Tantiemen? Friert er sie mir ein? Ich schieße ihn nieder. Ich muß doch heiraten... Aber wenn hier alles in Brüche geht...«
Heiraten... Das also... Die abendlichen Aussprachen oben in der Rotunde oder auf der Punta di Mezzo mit der gefallenen Lietta waren also nicht bloß samariterhafter und pädagogischer Natur... Gefallen und gerettet, aber, das war mir nun klar,

nicht wirklich gerettet... Und wenn er schließlich, wie er behauptet, die Kutte abgelegt hat, warum versteift er sich darauf, dieser abtrünnige Julian, sie zu tragen? Es sei denn, das weite Gewand diene ihm als Harnisch, als Versteck... wie ein Scheffel dem Licht...

»Schäm dich, Esterina«, unterbrach ich meine Grübelei und entzog mich weiteren ungehörigen Mutmaßungen durch die Flucht.

Als ich über die Treppe hinaufging, stieß ich auf die beiden befreundeten Künstler, die sich, wie sie sagten, aufgemacht hatten, um Panoramen zum Zeichnen zu suchen.

Sie stimmten mich jedesmal, wenn ich sie sah, heiter, so ungleich, wie sie waren. Und ich unterhielt mich damit, sie mir als Helden meiner Comics im Kopf vorzustellen: zwei Sonntagsjäger, hinter Schmetterlingen her, inmitten einer Savanne; eine Suffragette, Arm in Arm mit einem Feldwebel der Fremdenlegion; Kraftprotz Popeye mit seiner – wie hieß sie? – Olivia...

Gott sei Dank konnte ich mich endlich alleine an meinen Spaziergang wagen. Um mich der Belagerung zu entziehen, vor allem aber, um innerlich mit diesem Pandämonium auf gleich zu kommen, dessen allzu belohnte Zuschauerin ich gewesen war. Wie lange noch? dachte ich, und auch ich ließ mich durch die dem Unternehmen drohenden katastrophalen Aussichten beunruhigen, von denen ich bisher keinerlei Anzeichen gesehen hatte, außer durch irgendwelche verstümmelte Sätze oder eine Kopie einer Bankaufforderung, die mir gelegentlich unter die Augen oder zu Ohren gekommen waren. Nie aber in dem Ausmaß, daß ich daran hätte zweifeln müssen, daß sich der Betrieb guter, ja bester Gesundheit erfreue. Und wenn auch: Wir, ich und der Geschäftspartner Ghigo, die Herausgeberin Orioli und der hochwürdige Kaiser-Autor, mochten zu Recht die Auflösung wegen unserer offenen Rechnungen fürchten, was bedeutete es aber den andern, warum regten sie sich so auf? Genug, ich überließ es der Zeit, mich von meinen Zweifeln zu heilen, und vergönnte mir endlich den Spaziergang.

Man sah keine Menschenseele, alle hatten sich verkrochen, um über den Neuigkeiten zu brüten. Ich ging die Wege und Pfade, die die einzelnen Nebengebäude verbanden; meistens mit dem Rücken zum Meer, doch hie und da haltmachend, um von der Höhe den im starken Licht des Nachmittags unbewegten Glanz zu betrachten. Ein Segel am Horizont, allmählich undeutlicher und weiter weg; und unten am Sandstrand das Flattern eines orangefarbenen, auf einem Liegestuhl vergessenen Handtuchs, mit dem der Wind spielte... Dies die beiden einzigen Ausnahmen von der allseitigen Reglosigkeit. Sieht man von meinem Herzen ab, das schneller klopfte bei dem Gedanken, daß die Ferien endeten und ich andere ähnliche nicht mehr würde erleben können; daß die Freudenfeuer auf dem Strand des August 1990 nie mehr wieder brennen würden...

So erreichte ich auf Umwegen den Schuppen oder die Scheune oder die Lagerhalle, wie immer man das nennen mag, der mein bevorzugter Rastplatz bei allen meinen Ausflügen war: die verrückteste Hexenküche, die man sich vorstellen kann. Und dort am Eingang überraschte ich den sich mit einem blöden Schmollen um den Mund entfernenden Knaben Gianni(?) Orioli, eine Mischung aus dem Epheben von Mozia und einer roten Rübe. Er war einer, der die ganz einsamen Orte liebte (auch die Laster, unterstellte Medardo, wobei er auf dessen Ringe unter den Augen anspielte), und ich hatte mich schon daran gewöhnt, ihn hinter jedem Baum im Wald jäh auftauchen, »Bumm« mit den Lippen machen und den schwarzen Lauf einer Spielzeugpistole auf mich richten zu sehen. Er sagte nichts zu mir, auch ich sagte nichts zu ihm, sondern drang in das kühle Innere des Lagerraums vor, wo in einem Durcheinander aus zerbrochenen Teilen eines Feldbettes, wertlosem Zeug von einstigen Maskenbällen, einem alten Grammophon mit Trichter, leeren Hut- und Schuhschachteln, zusammen mit einem rostigen Ofen, zwei oder drei Packen alter »Domeniche del Corriere«, eine Büste des Philosophen Thales lag, für die sich vielleicht kein Platz auf der Brüstung der Rotunde gefunden hatte.

Ich schaute sie gerade verblüfft an, als plötzlich eine an die Mauer gelehnte menschengroße Puppe mich davon ablenkte, vielleicht eine Vogelscheuche, vielleicht eine Schneiderpuppe. Sie sah seltsam aus: unnatürlich ausgenommen und schlapp, da fast kein Werg mehr darin war und die formlose Masse des Kopfes mittels eines einfachen Eisendrahtes mehr schlecht als recht am Hals festgehalten wurde. Ich konnte mich gerade noch über die Strohhalme und die feuchten Schmutzklumpen auf ihr wundern, als

Medardo, wie aus dem Boden gewachsen, vor mir stand; wer weiß, wo er sich vorher versteckt hatte.
»Ciao, Vestalin«, begrüßte er mich, wie er mich zu nennen pflegte, wenn er gut aufgelegt war. »Was machst denn du hier?«
Und da er in meinem Gesicht die gleiche neugierige Frage las, wich er ihr aus, indem er so tat, als läse er darin eine andere, und darauf antwortete er: »Ich liquidiere alles, ich schicke alle auf die Straße.«
Er legte mir begütigend die Hand auf die Schulter: »Dich nicht. Wenn deine Handschrift nicht wäre, wärest du ein Engel von Kopf bis Fuß.«
»Ein mißratener«, entgegnete ich. »Aber meine Mutter hat sich redlich bemüht.«
Aquila wurde ernst: »Nach den Ferien wird alles anders werden, wahrscheinlich. Vorläufig aber wollen wir uns an den abschließenden Feuerwerken erfreuen.«
Er blieb eine Weile in Gedanken versunken, dann: »Da, nimm, hätte ich fast vergessen.«
Ein kleines, mit zwei Gummibändern kreuzweise verschlossenes Bündel tauchte in seinen Händen auf.
»Es sind Gesellschafterpapiere, wichtige. Nimm du sie in Verwahrung. Leg sie in den Safe, sobald du in die Stadt zurückkehrst. Wenn ich, wie ich fürchte, zu der Zeit auf Reisen bin, kannst du sie anschauen und dich statt meiner mit ihnen befassen.«
Er ging, aber im Weggehen: »Es lebe Agatha Sotheby, nieder mit Agatha Christie!«
In einer plötzlichen Anwandlung von Mut folgte ich ihm. Ich holte ihn ein: »Agatha Sotheby hat einen

Roman geschrieben«, bekannte ich in einem Atemzug, und ich zog das Manuskript aus der Tasche, in der ich gerade das mir von ihm übergebene Bündel versteckt hatte, drückte es ihm in die Hand und rannte weg.

Allein geblieben, nahm ich meinen Streifzug wieder auf. Ich fühlte mich erleichtert. Dieses Manuskript, jedesmal zwischen zwei Schachteln Tampax eingeklemmt und herumgetragen wie das Warenmuster eines Vertreters von Tür zu Tür... Ach, ich konnte kaum erwarten, es loszuwerden. Schade, daß der Verlag zusperren würde, schade, daß ich mich nicht früher getraut hatte...

Jedenfalls war ich zufrieden; obwohl mir etwas wie eine brummende Fliege immer wieder durch den Kopf schwirrte... Als ob ich vor kurzem etwas gesehen oder beinah gesehen hätte, wo es nicht hätte sein sollen, wie es nicht hätte sein sollen... Ein quälender Gedanke erfaßte mich, ein wirrer Aufruhr: ein Trugbild von Wahrheit, das wie ein Gespenst mit den Händen meinen Geist abtastete auf der Suche nach einem Spalt...

Ich blieb stehen und notierte einfach zur Erinnerung die Empfindung, ohne sie anders als mit einem Fragezeichen zu kennzeichnen. Voll Zuversicht aber, daß ich der Sache schon auf den Grund kommen würde; daß es mir, wie dem Detektiv im Roman, gelingen würde, den rechten Weg zu finden, um die Unbekannten der Denkaufgabe aufzulösen.

Beim Nachdenken darüber hatte ich mich auf das Mäuerchen einer Straßenüberführung zwischen zwei Hügeln gesetzt, und für eine Weile hatte ich keine

Lust, wieder aufzustehen. Die Ruhe und das Licht waren großartig. Eine einzige zerschlissene Wolke im Zenit, an deren Ränder sich der Himmel wie an einen Schwarm fliehender Tauben anklammerte. Zum zweiten Mal innerhalb weniger Stunden fragte ich mich, warum ich mich eigentlich in Medardo nicht verliebt hatte, ließ ich im Geiste den ganzen glänzenden Tand seiner Anziehungskraft Revue passieren: jenes Gehabe eines entthronten Monarchen, das sarkastische Pathos, die Liebe zu Scherz und Überraschung, die unerhörten Zoten, die auch die abgebrühtesten Stenografinnen dazu brachten, lüstern aufzukreischen, wenn er sie ihnen diktierte...
Ich sah vor mir wieder das trübe Blau seiner Augen, die schlangenhautartigen Falten auf seinem Handrücken, aus denen ich eine Geschichte einstiger Zärtlichkeiten herauslas, vergessener Berührungen, die mit der Zeit, in der vergänglichen Asche der Jahre, verlorengegangen waren... Und jene Art des steifen, edelmännischen Schreitens, die, wie ich einmal, ohne mich daran zu stoßen, herausfand, auf einen gewissen Gürtel des Doktor Gibaud zurückzuführen war...
Ich lachte, ganz für mich allein, lauthals auf. Aber ich fühlte mich wie der Kegel in der Mitte, wenn die feindliche Kugel ganz langsam auf ihn zurollt und mit dem restlichen Schwung, bevor sie anhält, ihn umwirft; und da liegt er wie ein Toter zwischen vier Kerzen, zwischen den vier unnützen Wächtern seiner verletzten Würde...

Das Abendessen, das Medardo wie üblich für alle im Pavillon angerichtet haben wollte, verlief zu Beginn den unvermeidlichen Ritualen des Gastmahls gemäß: Geplauder über die heutige Beschaffenheit des Sandes und des Wassers, über die Getränke, die Speisen, über die Sonnenöle und die Träume in der vorhergehenden Nacht... Einvernehmlich schien man die Absicht des Verlegers, die Verlagsgesellschaft zu zerstören (falls es Absicht war und nicht ein Scherz), mit Stillschweigen zu strafen. Niemand machte eine Anspielung darauf; es war, als wäre die im Augenblick auf Band aufgezeichnete Nachricht durch eine Flut von Bildern und Klängen gelöscht worden. Friede also an den drei Seiten des Tisches. Dann aber genügte eine Kleinigkeit, und das Pulver fing Feuer, ein winziger Weltkrieg brach aus.

Den Anfang machte der Knabe Orioli, als er etwas Soße über Nisticòs Priesteranzug – ein Sommermodell – ausgoß. Das gab Anlaß für albernes Gelächter und alberne Bemerkungen von Ghigo: Ein Fettfleck sei schließlich die passendste Medaille auf einer mißbräuchlich getragenen Tracht; und wenn ein Soldat desertiere und sich noch als Soldat kleide, sei es eben Pech für ihn...

»Semel abbas, semper abbas«, protestierte Giuliano pro forma, womit er mich im ungewissen ließ, ob sein Austritt, ungeachtet seiner Heiratspläne, tatsächlich stattgefunden habe...

Mich ging das ja eigentlich nichts an, wohl aber sie, das Fräulein ›Overdose‹. Ich hatte aber keine Zeit, mich darüber aufzuregen, denn ganz etwas anderes bereitete sich im stillen vor und nahm Gestalt an mit einer Ohrfeige, die so knallte, daß wir alle den Kopf vom Teller hoben. Zweifel über die Person des Geschlagenen konnte es keine geben, außer die rechte Wange des Rechtsanwalts Belmondo log, glühte sie doch noch in einer keineswegs auf die Sonne zurückzuführenden Purpurröte.

»Aber Frau Garro!« sagte er zu Matilde, wie jemand, der sanft ein tolpatschiges kleines Mädchen ermahnt, dann nahm er wieder den Löffel in die Hand und tauchte ihn ungerührt in den Cremepudding ein.

»Gut! Bravo!« zollte Lietta der Mutter Beifall, während diese sich auf die Hand blies, fast als wolle sie das Brennen darauf lindern. Dieses »Bravo!« hatte die Signalwirkung eines Gongs, die Feindseligkeiten brachen auf allen Seiten aus, in vereinzelten Zweikämpfen, mehrfachen und gleichzeitigen Handgemengen, in Angriffen von jedem gegen jeden, mit kurzfristigen Bündnissen, unvorhergesehenen Kehrtwendungen, lauthals geäußerten Beschimpfungen, die mit lächelnd ins Ohr geflüsterten Gemeinheiten abwechselten. Ein Getöse, das mich vorerst amüsierte, dann einschüchterte, schließlich erschreckte. Derart zischten die Stimmen wie Peitschen, brachte jeder ihrer Hiebe Geschichten an den Tag, die mit lange herumgetragenem Groll gespickt waren. Ich kam fast nicht mehr nach, ein Verzeichnis davon anzulegen, so erstaunt war ich unter anderem über die Heuchelei aller, die mir bisher verborgen geblieben war; aber noch erstaunter war ich darüber, daß allen meine peinliche Anwesenheit einerlei war.

Glücklich inmitten dieses Durcheinanders schienen

nur die beiden Künstler. Sie hatten eiliger als die anderen gegessen und rauchten nun mit langen Zügen. Von ihrem Olymp herab betrachteten sie die Szene mit dem engelhaften Wohlwollen zweier Zaungäste.

Medardo seinerseits – es war nicht klar, wie sehr er sich beteiligte – schien darauf zu warten, an die Reihe zu kommen. Schließlich rügte er Belmondo mit erhobenem Zeigefinger: »Übereifer, Herr Rechtsanwalt. Der mag in der Diplomatie nützen, vor allem aber in der Liebe.«

›Was für ein Eifer?‹ fragte ich mich. Offenbar drückten sich hier alle in Rätseln aus, die ich nicht verstand. Noch weniger verstand ich nach dem wirklich spektakulären Eingreifen Lidia Oriolis.

»Und du, verschwinde von hier!« schrie sie zuerst ihren Sohn an, packte ihn an den Schultern und stieß ihn hinaus. Dann wandte sie sich um und sprang kreidebleich dem Verleger förmlich ins Gesicht: »Mach dich nur über uns lustig!« schrie sie. »Feige Bestie, herzlose Bestie!« Worauf sich Cipriana ihrerseits mit einem Glas ›Granita‹ in der Hand erhob, mit langsamen Schritten zu ihr hinging und es ihr zur Gänze in den Ausschnitt goß. Um sie zu trennen, bedurfte es des unter seinem Seminaristenäußeren robusten und haarigen Hochwürden Giuliano Nisticò...

Was war das? Ein Slapstick? Die Probe zu einer Pantomime? Zumal sich bei der Ankunft des Negus mit dem Kaffeetablett alle wieder faßten, sich dann ohne weitere Zwistigkeiten in Gruppen zu zweit oder zu dritt auflösten und ihrer Wege gingen.

Ich war eine der ersten, die weggingen. Naseweis,

wie ich war oder wie man mich beschuldigte, es zu sein, konnte ich nicht umhin, mich wie ein angebundener Karrenhund zu fühlen, welcher zwischen der einen und der anderen Radnabe nur vage Reste der Landschaft erblickt... Deswegen beeilte ich mich, ins Bett zu kommen, um nachzudenken. Und auch das Nachdenken genügte mir nicht: Ich holte aus dem Koffer mein Tagebuch, dessen silbernes Schlüsselchen ich um den Hals trug und dem ich, schwarz auf weiß, das Geheimnis meiner Beobachtungen, die Schlußfolgerungen, Hypothesen und Phantasien anzuvertrauen beabsichtigte.

Also:

daß Medardos Ankündigung bezüglich des Verlagshauses dieselbe Wirkung gehabt hatte wie ein Beben in einem Sumpf, das eine bunte Mischung von Nattern und Kröten an die Oberfläche bringt...

daß insbesondere zwei allen außer mir bekannte Techtelmechtel aufgetaucht waren, die schon lange beendet, möglicherweise aber noch im Gange waren, die zwischen Apollonio und Cipriana, zwischen Medardo und Lidia...

daß das fünfte Rad am Wagen, Matilde (oder Frau Garro, ›as you like it‹), ungeachtet ihres eisigen Äußeren, ein elektrisch geladenes Geschöpf war, mit geringer Neigung, sich zurückzuhalten; auch auf die Gefahr eines Skandals hin (daher die Ohrfeige, als sie, vermute ich, irgendeine Verstrickung ehebrecherischer Beine unter dem Tisch entdeckte)...

daß Lietta, wenn auch auf ihre burschikose Art, zu ihrer Mutter hielt; und natürlich mit ihr der Frömmler Giuliano...

daß Aquila, obwohl er sich aus Berechnung, Eigensinn und Zynismus damit abfand, Untreue mit Untreue zu vergelten, keineswegs unempfindlich blieb für den verliebten »Eifer« Belmondos gegenüber Cipriana...
daß Cipriana, die so freizügig war, wenn es um sie selbst ging, es nicht duldete, daß es der Ehemann ebenfalls war, und ihn als ihr Eigentum beanspruchte...
daß Lidia Orioli ihrerseits, während sie diesen aufwiegelte, mit seiner Frau zu brechen, sich über sein offensichtliches Widerstreben entrüstete...
daß ihr Söhnchen, Giacomo oder Gianni oder wie auch immer, doch ein wenig Medardo ähnelte...
daß... daß... daß...
Ich war müde, steckte mir zwei rosa Wachskügelchen in die Ohren und schlief mit dem Kugelschreiber zwischen den Fingern ein.

IV
Salto mortale eines griechischen Tragikers

Da alle abends früh zu Bett gegangen waren, waren sie am nächsten Morgen früh auf den Beinen. Nicht ich, die ich, jeder Gewohnheit zum Trotz, noch unter den Laken verweilte, als Medardos Summer ertönte. Ich schaute auf den Wecker: acht; ich mußte mich beeilen, wenn ich mir auch anläßlich von Ferragosto eine Befreiung von der täglichen Routine hätte erwarten können. Tatsächlich verständigte mich Medardo zwar nicht von einer Freistellung, aber doch von einem Aufschub der üblichen Verabredung: »Ich lese gerade dein Buch«, sagte seine Stimme in der Ferne, und ich wurde hochrot. »Wir sehen uns später, um elf. Inzwischen bezieh du Posten. Ab heute morgen gilt die Wette der Alibis.«

Mein Gott, das hatte ich beinah vergessen... »Die Titanic geht unter, und er tanzt«, murrte ich unter der Dusche. Dennoch entzog ich mich der Aufgabe keineswegs. Mein Fenster stellte einen günstigen Beobachtungsposten dar, von dem aus nicht nur das Hin und Her auf der zum Belvedere und zum Solarium führenden Treppe bequem im Auge behalten werden konnte, sondern auch jegliches Kommen und Gehen auf dem Weg zum Strand. Und dennoch entging mir nicht das Müßige einer solchen Aufgabe in einem Moment, in dem jeder von uns von bangen Ahnungen gequält wurde: War es möglich, daß Medardo das nicht bemerkt hatte? Bildete er sich gar ein, durch jene Wette könnte die allgemeine Mißstimmung abflauen? Außerdem... ist seine Neuigkeit »Genug, es wird zugesperrt« wirklich glaubwürdig? Oder ist sie nicht eine seiner Flunkereien, um die Wettenden von der Kontrolle ihrer Handlungen abzulenken und sie daran zu hindern, diese Minute für Minute auf einem Blatt Papier zu notieren?...

Diese Überlegung, die durch den Zweifel am Bankrott meinem Buch wieder Publikationschancen eröffnete, beflügelte mich, und mit um so größerem Eifer setzte ich mich, ausgerüstet mit Fernglas, Papier und Feder, einem Glas Limonade, einem Päckchen Filterzigaretten, ans Fenster...

›Es ist ein Spiel‹ sagte ich mir dabei immer wieder, wohl um mich dazu zu bringen, es mit größter Gewissenhaftigkeit auszuführen, ›aber ich kenne kein aufregenderes. Bespitzeln, ohne bespitzelt zu werden: Welches Gefühl stolzer Unverletzlichkeit man dabei hat! Und wie ich die Ausdauer des hinter einer Mauer versteckten Fotografen verstehe, die des Voyeurs hinter den Lamellen einer Jalousie, die des Heckenschützen im Laub eines Baums...‹ All das sagte ich mir, ohne meinen Ausguck hinter den Vorhängen des Zimmers zu verlassen.

Was sah ich? Hier im folgenden meine Notizen, so wie ich sie später pflichtschuldig dem Kommissar Currò aushändigte.

8 Uhr 32: Lietta eröffnet als erste den Tag. Man sieht sie aus ihrem Cottage herauskommen, im Sträflingsanzug, in einem großen gestreiften Hemd, das ihr bis zu den Fersen reicht und den Sand besser aufkehrt als

eine Brautschleppe. Bei der Mezzo-Klippe angekommen, setzt sie sich nieder und schaut nicht länger als zehn Sekunden auf das Meer; dann zieht sie sich mir nichts, dir nichts nackt, wie Gott sie schuf, aus, springt ins Wasser, kommt nach kurzer Zeit wieder heraus, streckt sich bäuchlings auf dem verlassenen Strand aus. Es ist 8 Uhr 47, als ich sie wieder mit dem Fernrohr suche, nachdem ich mir eine Zigarette angezündet habe, und da finde ich sie nicht mehr, sie muß sich in einem Boot verkrochen haben, in einem der drei dort unten auf dem Trockenen vertäuten, um sich eine Spritze zu verabreichen; oder vielleicht ist sie auch wieder ins Wasser gegangen, hat sich schwimmend bis zum Ende der Mole entfernt (sie schwimmt nämlich ausgezeichnet).

8 Uhr 48: Auftritt des Duos Soddu/Duval. Sorgfältigst herausstaffiert und unzertrennlich, erinnern sie mich diesmal an das promenierende Spießerpaar in den »Ferien des Monsieur Hulot«. Mit dem einen Unterschied, daß sie aufmerksam um sich blicken, was ich aber für durchaus unschuldig halte, wenn ich ihre Mappen mit Fabriano-Zeichenpapier unterm Arm berücksichtige und die Faber-Stifte, die nach Maurerart ihre Ohren zieren. Als Verfechter der ›Pleinair‹-Malerei werden sie von ihrem Ausflug Material für künftige Skulpturen, Stiche und Malereien heimbringen: Notizen und Skizzen von sündhafter Finesse, auf jedem Blatt zart wie Spinnennetzfäden, die die Leute auf dem Land Madonnenschleier nennen...

8 Uhr 57: Medardo persönlich taucht unten auf. Er schaut in meine Richtung und sieht mich verständ-

licherweise nicht, kann mich nicht sehen, schwenkt aber trotzdem den Sombrero zum Gruß, während er in der anderen Hand ein Manuskript hält, das ich wiedererkenne. Dann schlüpft er zum Wäldchen. Keine Minute vergeht, und das Telefon trillert wieder: »Nochmals guten Morgen, Teuerste. Ich bestätige dir deine teilweise Beurlaubung. Halt aber weiterhin Wache in deinem Lehnstuhl. Inzwischen lese ich in deinem Buch kreuz und quer. Wir hören einander in zwanzig Minuten wieder.«

Wir hören voneinander nicht nach zwanzig, sondern nach dreißig Minuten: »Ich bin beim vierten Kapitel«, sagt er. »Und vorläufig sage ich dir noch gar nichts, außer daß mir der Titel nicht mißfällt. Obgleich er ein Allerweltstitel ist. Alle Krimis könnten so heißen.«

Ich bin ein bißchen pikiert, ich hatte den Eindruck gehabt, Amerika entdeckt zu haben. Er hört es an meinem Schweigen, versucht, vom anderen Ende des Drahtes mich auf belehrende Weise zu trösten: »Schau, der Austausch von Personen ist nicht nur das Wesen jeder ›Pochade‹, sondern auch das jedes besseren Rätsels. Angefangen bei der Schöpfung, die – davon bringt mich keiner ab – wahrscheinlich das Ergebnis eines kolossalen Mißverständnisses ist, eines apokalyptischen Versehens... bis hin zu dem allerkleinsten ›Der für den‹, wie es jeden Tag vor unseren Augen stattfindet und das wir häufig verkehrt interpretieren. Wenn du wüßtest, wie viele Mühlen bei näherem Hinsehen Riesen sind; wie viele Glühwürmchen in Wahrheit Laternen sind!«

Wenn er derart abschweift, vergehe ich vor Wonne,

das ist eine meiner Schwächen. Und ich getraue mich nicht zu atmen, aus Angst, er werde wieder banal prosaisch.

Was, leider Gottes, fast sofort geschieht. »Wie ist die Luft da oben?« fragt er mich. »Alles in Ordnung«, antworte ich. Und er: »Ausgenommen die Verbindung, ich höre dich tröpfchenweise. Es muß etwas in der Leitung sein. Versuch einmal, dich vom Fenster weg näher ans Bettchen zu stellen.«

Ich ändere den Standort.

»Ja, jetzt höre ich dich. Laut und deutlich. Lies mir nun bitte die bisherigen Ergebnisse vor.«

Ich lese. Darauf er: »Okay. Ende der Durchsage. Bis später.«

9^{30}: Beinah gleichzeitig erscheinen jeweils am Eingang ihrer Unterkünfte die drei Damen von gestern abend, die drei Heroinen der handgreiflichen Episode, und – schau, schau – sie gehen aufeinander zu, unterhalten sich mit augenscheinlich herzlichen Gebärden, beraten sich insgeheim miteinander, die drei allein, zu dieser Stunde! O große Güt' der Edelfrau'n von einst!... Ich habe den Verdacht, sie wollen sich fern von jedem feindlichen Ohr aussöhnen und nach dem Ablassen von jeder kriegerischen Bitterkeit die Einflußzonen und das männliche Wild unter sich aufteilen... ›Wie in Jalta‹, sagte ich mir, ›außer daß sie zu dritt sind, Apollonio und Medardo zu zweit... Es stimmt aber auch, daß Berlin seinerzeit nicht unter drei, sondern unter vier aufgeteilt wurde...‹

9^{37}: Ghigo geht eilig zur Rotunde hinauf, er trägt eine Tasche in der Hand und scheint tief in Gedanken versunken zu sein. Bei seinem Anblick rinnt es mir wieder unangenehm kalt über den Rücken: wie bei einem durchgekauten Kaugummi unter dem Schuh oder beim raschelnden Geräusch von Schirmseide am Haar...

9^{39}: Das Telefon läßt sich, nun zum dritten Mal, wieder vernehmen. »Also?« Ich erstatte ihm Bericht. Dann er: »Mit deinem Buch bin ich fast fertig. Ich bin schon gespannt, wie du den Schluß hinkriegst. Man beurteilt ja Krimis nach dem Schluß, so wie die Frauen nach dem Profil.«

Der Ton bleibt weg, kommt nach einem Gemurmel wieder: »Nochmals diese Störung. Stell dich woandershin.«

Ich tue es, und er, zufrieden: »Okay. Geh wieder ans Fenster. In anderthalb Stunden sehen wir uns am gewohnten Ort. Ich werde dann mit dem Lesen fertig sein und dir Bescheid sagen.«

In anderthalb Stunden... Mein Herz macht bumm-bumm... Oh, wenn er sich entschlösse, den Verlag noch am Leben zu erhalten, nur eine kleine Weile; nur so lange, um mein Buch in Druck zu geben? Wenn das der Anfang wäre von... Ich wage nicht, weiterzudenken, sondern widme mich mit noch größerem Eifer der Überwachung.

9^{45}: Die kleine Versammlung hat sich aufgelöst. Matilde und Cipriana kehren wieder in ihre Häuser zurück, Lidia kommt zu mir herauf, geht, ohne mich zu sehen, an mir vorbei und steuert, wie ich zu verstehen meine, auf das Solarium zu, oben auf der Esplanade, hinter dem Belvedere. Sie trägt zwei Schichten Make-up, knappe acht Quadratzentimeter Stoff, fünf mal fünf Ringe an den Fingern; sie redet mit sich selbst, hat eine Luftmatratze bei sich, eine Garnitur von Cremes, Fläschchen, Kämmen, Frotteetüchern... Ich sehe sie nicht mehr herunterkommen.

9:50: Nun sieht man Cipriana zwischen den Flügeln der Haustüre herauslugen, in Erwartung von ich weiß nicht wem. Oder ich weiß es schon, denn ich sehe, wie Belmondo sich seinerseits ihr nähert, jäh aufgetaucht wie ein Schachtelteufelchen. Sie tuscheln, scheinen zu streiten. Auf einmal gehen sie brüsk auseinander, gleichzeitig hört man einen Fensterladen des benachbarten Hauses, jenes des Rechtsanwalts, schlagen. Niemand ist jedoch am Fenster zu sehen, schon gar nicht Matilde.

9:57: Hochwürden Giuliano tritt auf, in einem uralten Badekostüm. Er erinnert so an einen Radrennfahrer der dreißiger Jahre, an Learco Guerra oder Di Paco. Gleichermaßen sportlich zucken die Muskeln seiner vierzig Jahre unter der krebsroten Haut.

Böse Gedanken kommen mir, als ich sehe, wie er sich mit großen Schritten den Strand entlang in Richtung Punta di Mezzo entfernt.

10:20: Belmondo geht mit dem Blick eines sizilianischen Jagdhundes an mir vorbei. Ich kann gerade noch hinter den Vorhang treten, ich möchte nicht als Spitzel vor ihm dastehen. Wer weiß, was ihn zum Belvedere treibt; ich habe nie vermutet, daß ihm Landschaft gefallen könnte.

10:30: Die Wallfahrt geht weiter. Zuerst Cipriana, dann Matilde, auch sie beide mit der ganzen Ausrüstung zum Sonnen. Wohl bekomm's.

11:05: Ich mache Feierabend und gehe in den Garten hinunter. Meine Wache ist für heute morgen beendet, mein Archiv quillt über von Daten, müßiger Kleinkram, der mir aber mit einemmal wie der unvermeidbare Staub vorkommt, den die Dreschmaschine der Zeit auswirft, während sich, Augenblick um Augenblick, das endgültige Zermahlen nähert...

Unten im Garten saß Medardo auf dem Thron und wartete schon. Zwischen Daumen und Zeigefinger hielt er die vorletzte Seite meines Romans. Kaum hatte er mich erblickt, zappelte er ein wenig, wie um Schwung zu nehmen, dann sagte er, den Mund verziehend: »Ich habe dir schon gesagt, du bräuchtest einen Liebhaber. Wenn möglich, einen dummen Liebhaber. Die Dummen sind erholsam.« Und auf mein Rotwerden und meinen stummen Protest: »Entschuldige schon, aber es wird einem beim Lesen deiner Sachen klar, daß du schreibst, um durch das Schreiben einen Liebesmangel wettzumachen.«
»Was Sie nicht sagen!« vermochte ich nur zu murmeln. Und er: »Noch habe ich die letzte Seite nicht gelesen, aber ich weiß schon, ahne schon, daß der Täter keine Frau ist. Du suchst im Mörder nur einen Mann zum Unterwerfen. Aus Mangel an einem wirklichen...«
Er mußte den Zorn in meinem Gesicht bemerken: »Vergiß es, entschuldige mich«, drückte er sich. »Außerdem ist gerade das die Stärke des Buches.«
Beleidigt, ohne auch nur im geringsten zuzugeben, daß er recht habe, schwieg ich weiterhin. Schließlich er: »Der Schluß scheint gut zu werden, doch könnte er sich – ein Rat, den ich dir gratis gebe – den Roussel-Effekt zunutze machen...«

»Welcher Roussel? Der vom Hotel des Palmes?«
»Ja, der. Ein großer Schachspieler, wußtest du das nicht? Er hat für die Finalzüge von König, Läufer und Pferd gegen König allein ein Verfahren entdeckt, das zu einem todsicheren Schachmatt führt, mit dem König, der in einer Ecke des Schachbretts erwürgt wird. Nun, deinem Kommissar empfehle ich dringend eine Folge analoger Züge, ich werde sie dich in einem Handbuch nachlesen lassen...«
»Ich kann nicht Schach spielen«, sagte ich frostig. »Mein Held geht im Gegenteil à la Kutusov vor: Er stellt dem Manöver des Gegners keine Hindernisse entgegen, sondern gibt vor, sie zu unterstützen, so daß die unvorhergesehene Fügsamkeit den Angreifer ablenkt und ihn zum Fehler verleitet.«
Er ging nicht darauf ein: »Wußtest du, daß die Franzosen den Läufer beim Schnitzen auf der Drehbank mit einer Narrenkappe maskieren und ihn sogar ›fou‹ nennen? Ein Name, der besser zum Pferd mit seinen lahmen Beinen passen würde...« Er zögerte: »...der auch gut zu mir passen würde...«
Ich gestehe, ich hörte ihm mit ungeduldiger, um nicht zu sagen: verärgerter Bewunderung zu. Nicht so sehr wegen der Vorurteile mir gegenüber und wegen der Urteile über mein Manuskript als vielmehr, weil ich spürte, daß ich und mein Buch nichts als ein Vorwand waren für seine Bildungsprahlerei und seine aufgeblasene Salbaderei... Darin schien aber – und das war sogar schlimmer – eine höchst persönliche Metapher versteckt zu sein, an der teilzuhaben ich aufgefordert war, ohne allerdings ihre Bedeutung zu verstehen.

Endlich schwieg er und schaute vor sich hin, mit feuchten, von plötzlicher Bedrängnis alten Augen, fast wie die Vorankündigung eines Schreckens. »Passiert es dir nie«, begann er wieder, und er schien zu phantasieren, »daß du dich vollkommen fühlst? Heute fühle ich mich makellos, ein oder zwei Meter von der Heiligkeit entfernt. Ein kleiner Ruck noch, ein Zug des Pferdes, und ich gehe auf den Wassern...«
»Wie schön Sie heute sprechen«, spöttelte ich und musterte auffällig seine Manschette.
Ohne auf meine Frechheit einzugehen, sagte er brüsk: »Ich habe die Zigaretten im Zimmer gelassen, geh sie mir holen, bitte.« Er wartete meine Antwort nicht ab, legte den Pancho-Villa-Hut auf den Boden, wischte sich mit einem großen Taschentuch den Schweiß vom Gesicht und bot seine kahle Stirn dem Licht.
»Wie spät ist es?« fragte er, als ich mich schon ein paar Meter entfernt hatte.
»Es ist...«, begann ich, während ich mich bemühte, die Ziffern auf meiner Uhr zu erkennen, aber die Antwort erstarb mir auf den Lippen: Ich hörte ein Pfeifen die Luft durchschneiden, sah einen Schatten wie den eines herniederstoßenden Raubvogels, sah, wie mit einem nußartigen Knacken der Kopf vor mir, der gerade noch denkende, lebende, unter einer ungestalten Masse zerbarst, von der ich vorerst nicht wußte, was sie war, die ich aber nach dem Niederkrachen wiedererkannte, als sie, bis vor meine Füße gerollt, umkippte und das bärtige, marmorn gleichmütige Antlitz des Tragödienschreibers Aischylos zeigte.

»Großer Gott!« schrie ich mit der ganzen Heftigkeit meines Entsetzens. Ich stürzte zu dem toten Körper des Mannes hin: eine Fontäne von Blut bereits, das Gesicht nur mehr eine ekle Frikadelle, weggestreckt, wie Fächer geöffnet die Hände, aus denen die mit fünf roten Fingerabdrücken markierten Seiten meines *Qui pro quo* glitten.

»Und nun?« sagte ich vorwurfsvoll weinend zu der Leiche. Aber die, mit der ärgerlichen, für Leichen so typischen Reserviertheit, antwortete nicht.

V
Manipulierte Auktion

So unglaublich es auch erscheinen mag und als etwas, dessen ich mich bis ans Ende meiner Tage zu schämen habe – sofort nach der ersten Regung von Grauen kam mir doch tatsächlich nur eine Schulerinnerung in den Sinn: Aischylos, zermalmt von einer herabstürzenden Schildkröte... Aischylos, der Hunderte und Aberhunderte von Jahren später blindlings am erstbesten seine Rachegefühle ausließ...
Das Seltsamste aber ist, daß ich zwar mit halbem Verstand an die antike Anekdote dachte, aber deswegen nicht weniger lautstark um Hilfe schrie.
Die Gäste befanden sich alle am Strand, an den sie nach dem Solarium einzeln hinuntergegangen waren. In drei Minuten kamen sie herbeigerannt, nackt, wie sie waren, Männer und Frauen, und meine Erinnerung an die Szene ist eine an heftigste Farben und Töne: all das rote Blut; und das Bronzebraun so vieler im Kreis rund um die Leiche gestikulierender Leiber; und mein Gekreische auf nur einem Ton, das sich schier nicht legen wollte, sondern über dem Chor des Gejammers andauerte wie die Alarmsirene eines aufgebrochenen Autos. Bis mir Matilde mit einer Hand den Mund stopfte. Da zog ich mich hinauf zum Belvedere zurück, ich wollte allein sein, um nachzudenken. Auch um zu verstehen, wie das geschehen war, ist doch in mir der Wille zu verstehen

stets stärker gewesen als irgendeine Täuschung der Nerven oder des Gefühls.

Ich wollte verstehen, so als hätte ich derart das Unglück ungeschehen machen und die Uhr ein wenig dahin zurückdrehen können, da Medardo noch am Leben war. Oder vielleicht hatte ich nur das Bedürfnis, mich vom schlechten Gewissen darüber, daß ich so gar nichts vorausgeahnt hatte, zu befreien, indem ich mir früher als die anderen die Fatalität des Vorfalls vor Augen führte...

Vorerst einmal hatte ich die schmerzliche Empfindung eines Mangels, einer Leere auf der Brüstung am Platz der herabgestürzten Büste. Wie wenn ich eine Wand, an der stets ein Bild hing, leer wiederfinde; oder wenn mich im Traum (das ist ein Traum, den ich immer wieder habe) ein blinder Augapfel anstarrt... Doch als ich die Stelle, an der der Absturz stattgefunden hatte, aus größerer Nähe betrachtete, fand ich heraus, daß sich der Sandstein des Sockels weich und zart anfühlte. Es war also zu vermuten, daß erst vor kurzem die Wärme eine Feuchtigkeit aufgetrocknet hatte. Welche Bedeutung dieses Indiz auch haben mochte, ich prägte es mir auf alle Fälle sehr gut ein.

Es waren keine Wasserspritzen nötig, um das Blut des Verlegers wegzuwaschen, der Nachmittag war ein einziger Regenguß, eines jener sommerlichen Unwetter, die einem wie das Ende der Welt vorkommen, und dann scheint gleich die Sonne. So auch dieses Mal, aber der Schaden war deswegen nicht geringer. Ein Erdrutsch versperrte die Autobahn, die Holzbrücke, der zweite Zugang zur Landzunge, trieb auf der Strömung wie eine Ballerina tänzelnd davon. Wäre sie eine halbe Stunde früher eingebrochen, hätte der Kommissar Currò die Villen nicht erreicht.

Sie erreichten sie aber, er und mit ihm ein Korporal; sie sahen aus wie zwei gebadete Mäuse und mußten um trockene Kleider und Schuhe bitten. Mit dem Ergebnis, daß der normal gebaute Untergebene fand, was ihm paßte, während der bantamgewichtige Vorgesetzte, da kein Spender mit seiner Statur ausfindig zu machen war, aus dem Bad herauskam mit schlotternden Hosen und zu langen Ärmeln, in denen die Hände verschwanden. Sein Auftritt war keineswegs glänzend, aber obwohl die Person nicht darauf aus war zu gefallen, gefiel sie mir. Es war für mich der erste Polizeikommissar aus Fleisch und Blut, nach so vielen aus Papier, und ich musterte ihn mit größter Aufmerksamkeit. Eher fünfzig als fünfundvierzig, hatte er das lässige, schlaksige Gebaren von einem, der es schon aufgegeben hat, auf Beförderung zu hoffen; aber die Schläue, um nicht zu sagen: die Klugheit seiner Augen in einem von der mediterranen Sonne gegerbten Gesicht ließ vermuten, daß er sich noch nicht ganz dem Verschleiß des Berufs ergeben hatte und daß ihn, wenn schon nicht der Hunger nach Gerechtigkeit, so doch wenigstens ein mürrischer Eigensinn noch zu seinen Ermittlungen trieb.

Das blaue Taschenbuch, das er bei der Ankunft triefnaß aus einer Mappe gezogen und nah ans Feuer gelegt hatte, zeigte schließlich, daß er ein Leser war, und zwar ein Leser guter Literatur.

Er hatte gerade erst mit den routinemäßigen Vernehmungen begonnen, für die er uns alle, die Angehörigen und die Gäste in den Villen, rund um den Tisch des Pavillons bestellte, als der Rechtsanwalt Belmondo die Hand hob und ums Wort bat. Er wolle uns Mitteilung von einem Dokument machen – erklärte er stockend –, in dessen Besitz er sei, das ihm von dem Verstorbenen vor dem Unglück anvertraut worden sei und das vor die Öffentlichkeit zu bringen er sich für verpflichtet halte.

»Wie, wie?« staunte Currò und machte Stielaugen.

»Vor Tagen«, fuhr der Rechtsanwalt fort, »hat mich Aquila in meinem Zimmer aufgesucht und mir ein Päckchen übergeben, mit der Bitte, es einige Zeit aufzubewahren. Es sollte nur im Falle einer schwerwiegenden Verhinderung seinerseits geöffnet werden. Ich bat ihn um nähere Erklärungen, aber er wollte mir keine geben. Hier ist es nun, ich weiß nicht, was es enthält.« Nach diesen Worten legte er einen steifen, sandfarbenen Umschlag vor uns hin, der mit dem Lack dreier Petschaften versiegelt war.

Es war Abend geworden, aber im Pavillon hielt sich eine vom Unwetter erzeugte Schwüle, und sicherlich trugen zur Abkühlung auch die Karbidlampen nichts bei, die die Dienerschaft nach dem Ausfall der Elektrizität rundherum angezündet hatte. Ich erinnere mich, daß hinter schwarzen Wolkenschleiern auch der Mond schien.

»Machen Sie weiter«, sagte Currò, und nachdem Belmondo die Unbeschädigtheit der Umhüllung hatte feststellen lassen, riß er diese auf. Heraus kam ein großes weißes Kuvert, das wie gewöhnliche Brief-

post verschlossen war. Der Kommissar nahm es an sich, öffnete es und zog, zusammen mit mehreren maschinegeschriebenen Seiten, ein kleines tintebeschriebenes Blatt heraus, das er mir über den Tisch hin reichte, mit der Bitte, es laut vorzulesen.
Das also war der Text, den ich entzifferte, wobei ich mehrmals innehielt, um mir gerührt die Nase zu putzen:

Apollonio, ich vertraue Dir diese dreifach versiegelten testamentarischen Papiere an. Ich wünsche, daß sie innerhalb von vierundzwanzig Stunden nach meinem Ableben aufgemacht und öffentlich vorgelesen werden. Wundere Dich nicht, daß ich Dich als Notar auswähle. Wir mögen einander nicht sehr; und es ist ungewiß, ob wir je Freunde waren. Außerdem betrügst Du mich (ich teile Dir aber gleich mit, daß ich Dir deshalb keinen Vorwurf mache, da Du doch weder der erste noch der zehnte Mann im Leben meiner Frau bist; es wäre töricht gewesen, ihr zu widerstehen. Noch dazu ist sie eine schöne Frau, deren Temperament berühmt ist). An wen hätte ich mich, angesichts von all dem, sonst wenden können? Ich kenne Dich als fähigen Rechtssachverständigen. Du wirst Deiner Pflicht gewiß nachkommen. Ich danke Dir und umarme Dich, wenn das einem Schatten gestattet ist.

Medardo

Auf das Geraune, das die Vorlesung begleitet hatte, folgte ein Durcheinander von Protesten und Vorhaltungen. Apollonio sah versteinert aus, Cipriana wü-

tend, Matilde schoß flammende Blicke gegen beide. Die anderen verbargen, ungeachtet der wenig heiteren Umstände, nur mit Mühe ihren mir unerklärlichen Lachreiz angesichts eines solchen Ansinnens eines Ehemanns an den Liebhaber. Ich war bestürzt und in Angst vor dem, was noch kommen würde. Currò seinerseits zuckte mit keiner Wimper. Er war es sogar, der nach Wiederherstellung der Ruhe die übrigen Blätter zur Hand nahm und sie, mit dem für seine Heimat typischen Akzent, vorlas.
Sie lauteten:

Herr Kommissar, Gendarmerieinspektor, Staatsanwalt, Notar oder wer auch immer, der dazu die Befugnis hat, als erster in diese Papiere Einblick nehmen mag – der, der spricht, ist eine Leiche, und seine Aussage ist an die Nachwelt gerichtet. Wenn Ihnen dieses Schriftstück vorliegt, heißt das, daß ich tot bin. Nicht infolge eines Unglücksfalles, wohlgemerkt, sondern durch die Auswirkungen einer mörderischen Gewalttat. Es gibt zwei Möglichkeiten, die ich mir vorstelle: verglüht durch einen Stromstoß ins Badewasser; oder zerschmettert durch den Sturz eines Felsbrockens auf meinen Kopf. Eine allzu peinlich genaue Voraussage, wird man sagen. Aber es gibt eine Erklärung, und sie ist die überzeugendste auf der Welt: Ich selbst habe dieses mein Ende mit weitblickender Heimtücke angezettelt, ich selbst habe dem Verantwortlichen die Waffen in die Hand gegeben. Das soll Sie nicht überraschen. Niemand reißt sich von einem so süßen, so eingefleischten Laster, wie es das Leben ist, gern los. Nichtsdestoweniger hatte ich, wenn ich es tat, einen bestimmten Grund, wie Sie sogleich sehen werden, wenn Sie die Geduld aufbringen, mir Gehör zu schenken.

Vor einem Monat, vormittags, täuschte ich meiner Frau die übliche Verpflichtung im Büro vor und begab mich zu einem Spezialisten, um mir Gewißheit über bestimmte bei mir aufgetretene Krankheitserscheinungen zu verschaffen. Nach einer zweistündigen gründlichen Untersuchung wußte ich, daß ich von einer inoperablen Krankheit befallen war und sehr bald unter Qualen sterben würde. Das war wie ein Hufschlag vor die Brust, ich fühlte mich von einer Angst und einer Wut gepackt, die ich nicht beschreiben kann. Angst vor dem Umstand als solchem, der gewiß angsteinflößend war; Wut über das sich daraus ergebende Glück, das sich, wie ich sogleich erkannte, durch meinen Tod über die beiden von mir am meisten gehaßten Personen ergießen würde: die Geschwister Cipriana und Ghigo. Ein ganzer Goldregen über Cipriana: die fette Versicherungssumme, die Aktien des Unternehmens, die Villa, meine Stiche, meine Bücher, die Freiheit, ungehemmt ihren Lastern frönen zu können... Während der Geschäftspartner, der bisher gezwungen gewesen war, mich voll Mißgunst zu umschmeicheln, sich wortwörtlich in meinem Sessel breitmachen, meine Zigarren rauchen würde...

Dieser Gedanke hielt mich davon ab, einen schnellen und schmerzlosen Tod zu suchen, wie es meine ursprüngliche Absicht gewesen war, und nährte in meinem Kopf eine Intrige, aus der mir, wenn auch

nur in der Vorstellung, ein gewisser postumer, obzwar grausamer Trost würde erwachsen können.
Ich heckte also den Plan aus, mich töten zu lassen, wenn möglich, von einem von ihnen oder von beiden, und zwar so, daß ich sie mit undurchsichtigen Machenschaften zur Tat drängte und ihnen gleichzeitig zwingende Motive, eine günstige Gelegenheit, die Gewißheit von Straflosigkeit in die Hand gab...
Zuerst einmal sagte ich überhaupt nichts von meiner Krankheit, so daß sie fürchten mußten, ich wäre ebenso langlebig wie meine mehr als achtzig Jahre alten Eltern. Dann ließ ich einfach den Köder lange vor ihrer Nase herumtanzen. Nun kann ich zwar in dem schwarzen Nichts, aus dem ich zu Ihnen spreche, nicht wissen, welcher von den beiden Fischen angebissen hat, aber ich kann trotzdem an Ihrer Stelle die Ermittlungen lenken. Nicht als einfacher Zeuge der Anklage, sondern als Hilfsdetektiv, wie jene, die in den Romanen, obwohl sie sich letzten Endes als ausschlaggebend für den Erfolg herausstellen, großzügig das Verdienst den zuständigen Polizeibeamten überlassen.
Ich begann also damit, vor meinen potentiellen Mördern zwei verlockende Möglichkeiten aufleuchten zu lassen, die ich der Einfachheit halber die des heißen und die des kalten Todes nennen werde. Unter dem heißen Tod verstehe ich den in der Wanne im Verlaufe einer Waschung. Ich habe beim Baden tatsächlich die gefährliche Angewohnheit, einen kleinen elektrischen Infrarotstrahler auf eine Konsole zu stellen. Auch im Sommer, kälteempfindlich, wie ich nun einmal bin. Eine andere Angewohnheit, ein nun

zur Routine herabgekommenes Überbleibsel früherer, promiskuöser Liebesspiele, war es, jeden Morgen meine Frau einzuladen, mir den Rücken einzuseifen. Ich wiederholte ihr in letzter Zeit mehrmals: »Gib acht, daß du nicht an den Strahler stößt. Wenn er ins Wasser fiele, würde ich, wie vom Blitz getroffen, verglühen.«

Erst vor drei Tagen sagte ich das wieder zu ihr, während sie mich mit unbeteiligten Händen abrieb und abtrocknete. Und ich fügte hinzu, daß ich beschlossen hätte, alles zu verkaufen und das Kapital ins Ausland zu schaffen. Und daß wir beide uns scheiden lassen würden. Und zwar mit ihr als Schuldiger, wohlgemerkt. Und daß sie deswegen nur mit einer bescheidenen Abfindung, die nur für das Nötigste reichen würde, rechnen könne. Für das Überflüssige würden ihre Liebhaber aufkommen müssen.

Ich erzähle Ihnen nichts von dem Krach, der folgte, davon, wie in ihren Augen eine Idee aufblitzte, auf die ich sie gebracht hatte...

Hohes Gericht: Wenn ich tot auf dem Bauch liegend in der Badewanne, mit einem zischenden Strahler daneben, gefunden werde, verkohlt von Kopf bis Fuß, nackt und verkrampft... wenn das geschehen ist, verhaften Sie sie, und glauben Sie ihren Tränen nicht: Sie ist es, die mich getötet hat...

Currò unterbrach sich, er mußte sich unterbrechen. Der Raum hallte wider von Geschrei, ein wahres Tohuwabohu. Cipriana schäumte vor Wut; Matilde ebenfalls, aber aus einem anderen Grund. Belmondo war bleich; es schien, als müsse er jeden Augenblick umfallen. Da schaltete sich der Kommissar ein: »Aber nicht doch, schließlich ist Aquila doch ganz anders gestorben.« Worauf wir alle natürlich auf Ghigo starrten.

Der Geschäftspartner schien viel ruhiger, als man unter den gegebenen Umständen hätte erwarten können. Er hatte sogar ein Grinsen auf seinen aufgeworfenen Lippen, das bissige Rache verhieß. Mit einer beschwichtigenden Geste schlug er vor: »Lesen wir den Rest.«

Currò sammelte die inzwischen auf dem Tisch verstreuten Blätter ein und begann wieder mit dem Vorlesen:

Das also ist das erste vorgesehene Szenarium. Leider Gottes steht und fällt es mit der Charakterstärke eines aufgeblasenen, schwachen und untauglichen Geschöpfes. Weil sich dieses als handlungsunfähig herausgestellt haben wird, hier also eine zweite spielbare Karte, die kunstreicher, theatralischer, eher meinem Geschmack entsprechend ist. Die, die ich – Sie werden gleich sehen, warum – die des kalten Todes nennen wollte und die meinen Geschäftspartner vor die Schranken des Gerichts ruft. Ich lieh mir die Idee von einer Erzählung, die ich vor vielen Jahren gelesen oder vielleicht geträumt hatte. Darin wird von einem Verbrechen erzählt, das unter Ausnutzung gewisser physikalischer und thermodynamischer Gesetze begangen wurde. Es wäre mir auch nicht wieder eingefallen, hätte ich hier nicht die dafür unbedingt nötigen Zutaten zur Verfügung gehabt, dreierlei nämlich: Eis, die Sonne, einen Stein.

Sie wissen, welche Unmenge von Eis es in der kleinen Anlage dort unten hinter der Garage gibt. Alle haben Sie gesehen, wie es dort in weit besserer Qualität als in den gewöhnlichen Tiefkühltruhen hergestellt wird, wie es dann in die Gußform kommt, diese in Form von Blöcken und Barren verläßt und, mit Stroh umwickelt und mit Fetzen geschützt, von Lastwagen abtransportiert wird. Es machte mir als Knabe Spaß, damals, als an Stelle der Villen nur Fischerhütten standen und man hier gut die Sommerfrische mit der Familie verbringen konnte, mir ein Stückchen davon schenken zu lassen, es in die Mittagssonne zu legen und mir auszurechnen, wieviel Zeit es brauchen würde, um zu Wasser zu schmelzen und dann zu verschwinden. Ein schlichtes Spiel mit Wandel und Schein, derart ähnlich – der Gedanke drängt sich einem förmlich auf – unserem Leben; auf das ich aber stets vor allem in Anbetracht seiner möglichen Verwendung zu einer Mordtat Bezug genommen habe. Dafür war, zusammen mit einer in der Sonne löslichen Materie, ein verfügbarer harter Stein vonnöten... Und was hätte ich Geeigneteres finden können als die Büsten in der Rotunde? Da diese allein durch die Schwere des eigenen Gewichts auf den Sockeln festgehalten wurden, hätte ein kleiner Stoß mit der Schulter oder dem Arm genügt, um eine davon zu verrücken und sie in Schwebe über dem Ziel zu bringen, nachdem man vorher mit einem Meißel einen Teil ihrer Unterlage weggeschabt und dort statt dessen zwar nicht einen allzu sperrigen Eisbarren, aber einen dünnen Splitter Eises oder jene kleinen, im Eiskasten sich bildenden und auf das Entfrosten wartenden Eiskrusten dazwischengeschoben hätte. Derart haben wir also eine richtige, betriebsbereite Todesmaschine, eine Zeitbombe, die nicht von einem Uhrwerk, sondern vom schicksalhaften Lauf der Sonne reguliert wird.

Mein Plan war also der folgende: meinen Stuhl aus Gewohnheit gerade dort hinzustellen, wo eine aus Mangel an Halt herunterstürzende Büste mich mit Sicherheit treffen würde. Dann dem auserwählten Widersacher die Idee mit hinterhältigem Gerede einzuflößen und ihn die Vorteile ahnen zu lassen: die Möglichkeit eines sicheren Alibis, indem er sich im Moment des Krachs deutlichst sichtbar woanders aufhält; das Fehlen von Spuren, weswegen man die Schuld an dem Vorfall dem bröckeligen Sandstein des Sockels zuschreiben würde; die Sicherheit des Resultats, für die die Pünktlichkeit, mit der ich mich jeden Tag auf denselben Sitz setzte, und die Mitarbeit der auf den Sekundenbruchteil vorherbestimmbaren Sonne Garanten waren: letztere ein Komplize, auf dessen verschwiegene Teilnahme man sich ganz verlassen konnte... Ein erstklassiger Plan, oder nicht? Aber am schwierigsten war es, Ghigo dazu zu bringen, ihn auszuführen.

Ich umgarnte ihn ganz langsam. Öl ins Feuer zu gießen war nicht nötig. Er vergalt mir meinen Haß aus ganzem Herzen. Aber das hätte nicht genügt, hätte ich ihm nicht Angst eingejagt vor seinem drohenden Ruin, dessen Schmied ich war. Das erreichte ich dadurch, daß ich ein Gespenst verfallener Wechsel, ungedeckter Schecks, mit Hypotheken belasteter Wertpapiere ins Spiel brachte, den ganzen Haufen seiner geschäftlichen Verfehlungen, mit dem ich ihn in Schande zu stürzen drohte. Außerdem verkündete ich ›coram publico‹ die Schließung des ganzen Verlags, von der ich ihm bisher nur unter vier Augen Andeutungen gemacht hatte, als ich ihn mehrere Male zum Belvedere bestellte, genau neben der Büste des Aischylos, den bei jenen Anlässen scherzhaft Damokles zu nennen ich nicht vergaß. Bei diesen Köderaktionen richtete ich es dann so ein, daß ich Ghigo wie zufällig in die danebenliegende Kältewerkstatt führte und dort, wie von einer jähen sentimentalen Rührung und Erinnerung überwältigt, meinen einstigen kindlichen Zeitvertreib mit Sonne und Eis heraufbeschwor und den Mißbrauch, der damit, wie ich einmal gelesen hätte, getrieben werden konnte. So und mit anderen Worten, die ich hier nicht weiter aufführe, säte ich in seinem Kopf den Mördersamen.

Ich komme zum Schluß: Wenn ich, wie ich es vorgesehen und gewollt habe, von einem Felsen zerschmettert sterbe, suchen Sie keinen anderen Schuldigen als Ghigo. Er ist bei dieser manipulierten Auktion, bei der ich mein Leben verkaufe, der unkluge Gewinner...

Es ist an Ihnen, ihn festzunageln. Sollte diese Aussage nicht genügen, fordern Sie ihn auf zu schildern, was er in der Zeit vor dem Verbrechen gemacht hat. Ich bin bereit zu wetten, daß er einen Besuch in der Rotunde nicht wird abstreiten können. Überdies wird Ihnen meine Sekretärin, die von mir mit der Aufgabe einer Wächterin betraut worden ist, Beweise dafür liefern. Auch bezweifle ich nicht, daß sich seine Fingerabdrücke auf dem Meißel in der Werkzeugkiste und auf manch einer Türklinke finden müssen oder daß ein Bedienter ihn bei einer verdächtigen Handlung überrascht hat...

Das ist vorläufig alles. An den beiden von mir ausgeworfenen Angelhaken wird, möchte ich glauben, schon irgendeine Beute anbeißen. Ich werde durch Mord sterben, und ich selbst werde der Anstifter meiner Ermordung und der Hauptverantwortliche dafür gewesen sein. Ich weiß aber, daß die Einwilligung des Opfers und sogar seine Beihilfe die Untat des Mörders nicht mindern. Daher ist dieses mein Bekenntnis vor allem dazu bestimmt, seine Bestrafung noch schmerzlicher dadurch zu machen, daß ihm zu Bewußtsein kommt, einer Posse zum Opfer gefallen zu sein.

Was mich betrifft, so tut es mir im Herzen weh, nicht als Lebendiger in den Genuß dieser Szene kommen zu können. Dennoch soll man wissen, daß meine letzte Empfindung die der Freude gewesen ist, sie mir vorzustellen.

Lebt alle wohl.

Hochachtungsvoll
der verstorbene Medardo Aquila

VI
Ausfälle, Paraden

Ist Ihnen auf gewissen Renaissancegemälden die Gestalt des Stifters gegenwärtig, der mit gefalteten Händen in einer Ecke kniet? Dem Anschein nach hat er mit dem, was sich im Vordergrund abspielt, nichts zu tun, und doch ist eigentlich er es, der das Schauspiel von dem Moment an, da er es, wie man heute sagt, ›sponsert‹, in Bewegung gebracht hat...
Genauso – dachte ich – stellte sich Medardo, obwohl er, mit einem Leintuch zugedeckt und von Haile auf einem Pingpongtisch aufgebahrt, ein ferner und schweigender Zuschauer war, als der eigentliche Maschinist von allem heraus. Ein schweigender Zuschauer? Nur gewissermaßen, zog man die Flaschenpost in Betracht, die er uns hinterlassen hatte und die uns nun auf den Sesseln festhielt, den einen wütend, den anderen verdutzt, diesen erschreckt, jenen nur neugierig, doch alle vereint in einem konfusen Groll gegenüber einem sich derart taktlos gebärdenden Toten. Einem Toten – jemandem, der das Mitleid der Allgemeinheit widerstandslos über sich ergehen lassen müßte –, der, statt bei seiner Rolle zu bleiben, es wagte, unseren naiven Dünkel, lebendig zu sein, derart mit Füßen zu treten.
Medardo Aquila... Gerade erst hatten wir jenen Vor- und Zunamen, mit dem die Strafpredigt auf höhnische Weise unterzeichnet war, von den Lippen

des Kommissars abgelesen, da erhoben sich schon von allen Seiten die verschiedensten Ausrufe, einschließlich eines ganz ausgefallenen Fluchs, den, so leid es mir tut, Giuliano ausgestoßen zu haben schien.

Inmitten von soviel Leidenschaftlichkeit behielten nur zwei im Raum die Ruhe: ich aus angeborener Zurückhaltung, obzwar auch ich innerlich durch das Geschick des Verstorbenen gebrochen und durch seine postumen Anschuldigungen verwirrt war; und der Kommissar aus professioneller Abgebrühtheit und mit der Maske eines Pokerspielers angesichts so einzigartiger Karten. Er war auf den Geschmack der Affäre gekommen wie ein Kind auf den eines Granatapfels, trotzdem blieb seine Stimme unbeteiligt, und indem er den Blick von den Papieren hob und sie rundum herzeigte, fragte er forsch: »Kommentare?«

Die Frage war an niemanden im besonderen gerichtet, aber offensichtlich erwartete er in erster Linie von Ghigo eine Antwort und in zweiter Linie von der Witwe. Da diese stumm blieben, sei es, um ihre Ungehaltenheit oder eine schuldhafte Verwirrung zu bezähmen, war es an Lidia Orioli, wortreich die Feindseligkeiten zu eröffnen.

»Daß ich auch das noch erleben muß! Ein teurer Hingeschiedener, der rigoros die Ermittlungen leitet, der sich zum Detektiv macht und sieht, voraussieht, vorsieht. Sich, leider Gottes, ein wenig oder sehr versieht. Ich habe ihn geliebt, das wissen alle, aber in diesem seinem letzten Auftritt höre ich nur seltsames Gefasel ohne einen Schatten tatsächlichen Beweises.«

Currò schien mit vorgeschobenem Kinn ermutigend zuzustimmen; und sie, im Gesicht rot angelaufen und nur ihn, vielleicht auch mit ein bißchen weiblichem Interesse, anschauend, legte mit all dem Schwung einer Frau des Wortes los:
»Ein wenig wegen meines Berufs, vor allem aber aus Vorliebe bin ich Expertin in kriminalistischen Scharaden. Scharaden, die man nicht nur in den Büchern findet, sondern die man überall lesen kann, gleichsam als gemeinverständliche Bruchstücke des höchsten, dem Wesen des Universums und des Menschen immanenten Mysteriums...«
Dieser Anfang genügte, daß Currò schlagartig seine zuvorkommende Höflichkeit aufgab, deren sie bisher teilhaftig geworden war. Sichtlich angewidert verzog er das Gesicht und sagte: »Entschuldigen Sie, ich habe den Sinn Ihrer Aussage nicht mitgekriegt. Und nicht einmal Ihren Namen. Würden Sie sich bitte vorstellen?«
»Lidia Orioli«, erwiderte Lidia und klapperte stolz mit den Lidern. »Ich gebe die schwarzgelbe Reihe des Hauses heraus. Morde sind mein tägliches Brot.«
»Kommen Sie bitte zur Sache«, kühlte sie Currò wieder ab.
»Gott sei mein Zeuge, Herr Kommissar, daß ich Ihnen nicht ins Handwerk pfuschen möchte...«
Sie machte eine Pause. Begann wieder – es war ihr Laster –, weit auszuholen: »...Trotzdem würde ich, so wie alle, in einem Fall wie diesem gerne unter tausend Fährten die einzig richtige herausfinden, den Knoten aus Zufall und Notwendigkeit entwirren, aus dem jedes Verbrechen hervorgeht... Überdies, was machen

wir, wir Menschen, in unserem ganzen Leben denn anderes, als stammelnd einer Sphinx zu antworten?«

Das war zuviel. Currò wurde fuchsteufelswild: »Ich bin ein einfacher Polizist, und ich verstehe nichts von Sphinxen. Wenn Sie Ernsthaftes zu sagen haben, sagen Sie es. Andernfalls warten Sie, bis Sie gefragt werden.«

Lidia wurde glühend rot, gab aber nicht klein bei: »Ich bin ja schon dabei, ich wollte nur meine Aufdringlichkeit in Sachen Ermittlung rechtfertigen. Ich gehe also gleich zu den Schlußfolgerungen über, und das heißt: Mich stört, daß bei diesem Tod mit den vielen Fragen der, der die Antworten liefert, die Leiche selber ist. Jemand, der nicht in der Lage ist, irgendeinem Einwand, einer Widerlegung oder einem unerwarteten Ergebnis die Stirn zu bieten; und der deswegen immer im Vorurteil seiner Argumente steckenbleibt. Keiner kann gleichzeitig Opfer, Zeuge und Detektiv sein, am allerwenigsten Medardo, der nach Meinung aller von Geburt an ein Phantast und ein Komödiant gewesen ist. Daher meine ich: Legen wir ihm einstweilen den Maulkorb an, ohne uns um seine Rachedelirien zu kümmern, um seine spaltzüngigen Behauptungen: wenn, wenn und wieder wenn... Gehen wir statt dessen schulmäßig vor, mit den üblichen Fragen: was? wer? wie? warum?«

Der Kommissar prustete, stand auf, lehnte die Glastür des Pavillons an. Ein heftiger Windstoß vom Meer her krümmte, löschte beinah die Flämmchen der Gaslichter aus.

»Es wäre mir angenehm, wenn niemand rauchte«, sagte er und setzte sich wieder. Nach einem Schweigen, währenddessen er einen großen Brocken, die letzten Worte Lidia Oriolis, hinunterzuschlucken schien, begann er: »Ich nehme Sie beim Wort. Und ich wiederhole mit Ihnen, bei Null beginnend: was? wer? wie? warum? Gerade das lehrte man mich, denken Sie nur, in der Polizeischule. Beginnen wir also beim Was, das heißt: bei dem tödlichen Ereignis, das die einzige außer Frage stehende Tatsache in dieser Geschichte ist. Wir haben ein Opfer, das nimmt uns keiner weg. Wir kennen auch seinen Namen, Medardo Aquila, zweiundfünfzig Jahre, Verleger. Wie er gestorben sein mag, das fiele eigentlich in die Kompetenz des Gerichtsmediziners, der aber, von der Welt abgeschnitten, wie wir sind, wer weiß wann kommt. Es braucht aber nicht viel, um schon jetzt einen heftigen Zusammenprall von einem stumpfen Gegenstand und einem nachgiebigen Schädelgehäuse zu konstatieren. Bleiben noch zwei Fragen offen: Wer hat es getan und warum? Und diese wären schnell beantwortet, wenn wir an einen Unglücksfall glaubten. Ein zufälliges Ereignis hat naturgemäß keinen Verantwortlichen und kein Motiv nötig. Aber hier gibt es den Beweis, daß es kein Unglück, sondern eine verbrecherische Tat war. Aischylos ist nicht von selbst herabgestürzt, wenn wir in Betracht ziehen, daß der Tote dessen Sturz mit derartiger Genauigkeit vorhersehen konnte. Daher komme ich wieder auf die Anschuldigungen zurück, die uns das Schreiben vorsetzt und die zwar unglaubhaft sind, aber einleuchtend. Die Maschinerie der von der Sonne gesteuerten, auf eine bestimmte Zeit eingestellten Vorrichtung ist keine Flause: Fräulein Scamporrino hat mir von gewissen Feuchtigkeitsspuren auf der Balustrade berichtet, die sie sich nicht erklären konnte, deren Herkunft mir aber nun klar zu sein scheint: Ein Stück Eis schmolz tatsächlich dort oben und durchtränkte dabei das darunterliegende Erdreich...«

Er unterbrach sich: Hinter ihm war der Korporal Casabene aufgetaucht, der ihm ein paar Worte ins Ohr flüsterte: Currò nickte, begann wieder zu sprechen: »Ich erfahre gerade, daß mein Assistent beim Rundgang durch Zimmer und Örtlichkeiten im Auto des Dr. Maymone im Kofferraum versteckte und in Zeitungspapier eingewickelte Erdklumpen gefunden hat und darunter eine Ahle. Ein Beweis, der entscheidend wäre, wäre er nicht so auffallend, der aber die Geschworenen sicher nicht gleichgültig lassen wird...«

Hier schwieg er, und der Wirrwarr begann von neuem. Alle redeten durcheinander, keiner hörte dem anderen zu. Der Kommissar schrie wieder fast: »Ruhe! Ruhe!«, und sagte: »Die Angelegenheit ist selten verzwickt, aber wir werden danach trachten, ihr auf den Grund zu kommen. Der Brief, den wir gehört haben, beschuldigt eine Person. Ich weiß schon, daß ich mich an eine genau festgelegte Vorgehensweise halten, Sie in Anwesenheit eines Anwalts, eines Stenografen oder was weiß ich verhören müßte. Aber – ich habe es schon gesagt – ich bin ein Kriminaler vom alten Schlag. Ich behalte mir vor, zu gegebener Zeit alles den Regeln entsprechend zu tun, fordere aber für den Augenblick alle ohne weitere Umstände auf, mir dabei zu helfen, Licht in die Sache zu bringen. Ohne künftige Aktionen zu beeinträchtigen – warum sagt uns Herr Ghigo zum Beispiel nicht gleich, ob er sich für schuldig am Tod des Schwagers hält? Warum erwidert er nichts auf die Anschuldigungen?«

Ghigo schlug mit der Faust auf den Tisch: »Ich, diesen erbärmlichen Schurken!« brach es aus ihm heraus. »Töten hätte ich ihn wollen, selbstverständlich, aber mit meinen Händen oder mit einem mit Knoblauch eingeriebenen Messer oder mit einem Fleischerschlegel... Aber sehen Sie mich Felsblöcke bewegen, die Wirkung der Sonne berechnen? Sehen Sie mich mit einem Eisbarren unter dem Arm, oder besser noch: auf einem Schubkarren über Treppen und Pfade spazieren?... Bei Gott, wenn es einer getan hat, dann sicherlich nicht ich. Aber ich glaube ohnehin, daß es ein Unfall gewesen ist; und, zugegebenermaßen, ein wohlverdienter und willkommener Unfall.«

Currò verzog den Mund: »Die Unfallversion ist bereits durchgefallen. Aus dem von mir vorgenommenen Lokalaugenschein oben im Belvedere ging hervor, daß die Abschürfung des Sockels nicht zufällig, sondern absichtlich verursacht wurde. Was den Eisbarren angeht, da stimme ich mit Ihnen überein. Aber es könnte sich auch um ein kleines Gefäß mit Eisstückchen, Würfelchen oder ähnlichem gehandelt haben, das einfach aus einem Kühlfach genommen wurde.«

»Blödsinn«, insistierte Ghigo.

»Keineswegs.« Currò sprach bedachtsam, nicht ohne

eine gewisse bösartige Milde. »Es bleibt immer noch jener Hauptbeweis der Vorhersage Medardos. Erklären Sie mir einmal, Herr Ghigo, wie hat es Medardo wohl angestellt, die Art seines Todes derart genau vorauszusagen? Ich rede mit Ihnen selbstverständlich ganz informell, ohne im geringsten Partei ergriffen zu haben. Doch wenn ich in Ihrer Haut steckte, wäre mir mulmig zumute.«

Ghigo schien betroffen. Er war bleich, er schwitzte und konnte keine Silbe mehr herausbringen, suchte aber doch mit gehetztem Blick rund um den Tisch nach einer kaum zu erwartenden Solidarität.

In diesem Augenblick hob der Bildhauer zaghaft die Hand: »Herr Kommissar«, sagte er, »auch ich habe Ihnen etwas vorzulegen: ein Päckchen, das mir der Verstorbene einen Tag, bevor ihn der Tod gewissermaßen um Kopf und Kragen brachte, übergab. Er trug mir auf, es nach seinem Tod der Allgemeinheit zugänglich zu machen, aber erst nachdem ein anderes seiner Schriftstücke ans Licht gekommen wäre. Ich verstand nicht ganz den Sinn dieser Forderung; es schien mir, es müsse sich um einen Scherz, so etwas wie einen Kettenbrief handeln. Nun, nach dem, was vorgefallen ist, bin ich zur Überzeugung gelangt, den zweiten Teil eines Testaments oder möglicherweise eine Aussage in der Hand zu haben. Da sich ferner in der Zwischenzeit die von meinem Freund beabsichtigten Umstände bewahrheitet haben, bin ich also bereit, die versteckte Karte herauszurücken. Ich weiß nicht, ob es eine gute oder eine schlechte Karte ist, ob sie jemanden von Schuld freispricht oder verurteilt. Jedenfalls habe ich die Pflicht, sie auszuspielen, und ich spiele sie aus.«

Aufsehen im Saal, wirre Gesten des Bangens und Hoffens...

»Paganini spielt also ein Dacapo?« spöttelte Lidia Orioli, aber der Bildhauer hatte schon die Glocke geläutet, die dort auf dem Tisch gewöhnlich dazu diente, Haile herbeizurufen.

Der Negus tauchte ›ex machina‹ auf, er mußte sich in der Nähe wartend aufgehalten haben: Gelegenheit für Soddu, ihm den Schlüssel zu seinem Cottage zu geben und ihm dabei etwas ins Ohr zu flüstern; und für uns, einander heimlich von den Gesichtern den Argwohn, den Zweifel, die Gewißheit abzulesen. Was für eine Kollektion blasser und roter Gesichter, was für ein Museum steifer Wachsfiguren... Und was für ein Vergnügen es mir machte, es Stück für Stück zu besichtigen und mir dabei deren Platz einzuprägen, um diesen getreulich in meinem Notizbuch wieder aufzuzeichnen...

Ich weiß nicht, ob ich Gelegenheit hatte, Ihnen zu sagen, daß in den Villen die Einrichtung ebenso ausgefallen war wie die Anlage im ganzen. So hatte der Tisch, an dem wir saßen, die Form eines gleichseitigen Dreiecks: mit Currò am Scheitelpunkt und mir genau in der Mitte der Grundkathete. Derart konnten wir entlang der Winkelhalbierenden Blickkontakt halten, wie die beigelegte Skizze verdeutlicht (nicht daß sie im vorliegenden Fall zu irgend etwas gut wäre, aber sie verleiht mir den Anschein einer klassischen Krimiautorin. Außerdem ist in

meinem Zirkus mit drei Manegen, um nicht zu sagen: in meiner Hexenküche, alles verwertbar).
Hier ist sie also:

```
                    Currò
         Lidia              Cipriana
     Der Knabe                Ghigo
     Belmondo                 Amos
     Matilde                  Daphne
         Lietta  Esther  Nisticò
```

Klare Verhältnisse, eine Verteilung fast nach Paaren, wie man sieht, außer daß Lietta und Giuliano auf Veranlassung des Kommissars getrennt saßen, da er fürchtete, daß sie, einander zu nahe, abgelenkt wären. Mir war es zugefallen; ich hatte mich nicht darum gerissen, mich so zu setzen, daß ich die Mauer zwischen ihnen bildete: zwischen ihm, ausnahmsweise einmal ohne den Schutz von Zeitungen und unter den gegebenen Umständen hoffentlich unempfänglich gegenüber den üblichen Erregungszuständen; und ihr, mehr denn je einer französischen Schauspielerin ähnelnd, die, wenn ich nicht irre, Miou Miou benamst wird. Ich fand keine Zeit mehr, sie um die noch braunere, wie ein Fragezeichen geformte Locke auf ihrer ohnedies braunen Wange zu beneiden, als schon der Negus, wieder zurückgekehrt, Soddu einen Umschlag reichte, der jenem vom Rechtsanwalt vorgelegten völlig glich; außer daß dieser keine Siegel trug, sondern mit zwei

überkreuzten Spagatschnüren zusammengebunden war.
Currò schien mit einemmal gealtert und verdrossen: »Lassen Sie sehen.«
Seine Stimme hatte einen rauhen Kasernenhofton. Offensichtlich vibrierten die humane Saite und die autoritäre Saite bei ihm in eigentümlichem Wechsel.
So wanderte das neue Beweismaterial aus den Händen des Bildhauers durch die Ghigos und Ciprianas bis zu ihm, und ich kann die Aufregung und Erwartung aller während dieser Stafette gar nicht beschreiben.
Der Kommissar löste geschickt die Schnüre, öffnete den Umschlag und nahm ein Kuvert heraus, das diesmal mit dem üblichen Lack versiegelt war. Currò wog es in der Hand: »Kuriose Verpackung«, bemerkte er. »Ganz das Gegenteil der ersten: dort ein fest verschlossenes Behältnis und ein leicht zugänglicher Inhalt. Hier ein leicht zugängliches Behältnis und ein fest verschlossener Inhalt. Etwas wird das schon zu bedeuten haben.«
Dann grausam: »Das behalte ich und lasse es vorläufig verschlossen.«
Auf unseren Protest erwiderte er: »Erstens: Alle haben dringend eine Pause nötig. Sie, um Ihre Ruhe wiederzufinden; ich, um meine Erkältung zu überwinden und um ein wenig nachdenken zu können, ohne Kadavergehorsam gegenüber den von der Leiche vorgegebenen Tempoangaben.
Zweitens: Ich muß Klarheit darüber gewinnen, ob das Opfer für oder gegen mich ist, ob es zu meinen Gunsten oder zu meinen Ungunsten spielt…

Drittens: ...im Interesse aller.«
Er schaute Belmondo an: »Herr Rechtsanwalt, Sie sind vom Metier, Sie werden mich verstehen. Wie legal ein solches Vorgehen von mir in Abwesenheit eines Richters ist, weiß ich nicht. Besonders, wenn es sich, wie es scheint, um ein Testament handelt...«
Dann wandte er sich an Cipriana und ersuchte sie höflich um eine Nächtigungsmöglichkeit für sich und Casabene. »Die Sitzung ist aufgehoben«, schloß er. »Wir sehen uns morgen wieder.«

Es war schon beinah Mitternacht dieses endlosen Tages, und wir gingen auseinander, um zu Abend zu essen, jeder für sich, ausgerüstet mit Notvorräten und Notlichtern. Das Unwetter hatte fast alles zum Problem gemacht, da es die Landepiste auf der Esplanade in einen zähen Morast verwandelt hatte. Der Hubschrauber stand nun, da Aquila, der ihn selber geflogen hatte, tot war, nutzlos in der Geborgenheit des Hangars aus Schilfrohr. Currò telefonierte viel herum, um Hilfe zu bekommen, aber wir sollten bis zum nächsten Tag von der Umwelt abgeschnitten bleiben und mußten mit der Situation allein zurechtkommen. Ich lud ihn ein, zwei Spiegeleier in meinem Zimmer zu essen. Beim Zubereiten erzählte ich ihm von der abgebrochenen Wette, von den Notizen, die ich mir darüber gemacht hatte, wie jeder seine Zeit am Morgen des Verbrechens verbracht hatte.
Er hörte mir respektvoll zu, steckte das Blatt ein, stellte sich dann ans Fenster, wie um die mögliche Aussicht von dort zu kontrollieren. Unnötig zu sagen, daß es für jegliche Nachprüfung zu dunkel war,

nichts war wirklich zu erkennen, außer dem Meer dort hinten, das nach dem Wolkenbruch noch wie eine schläfrige und satte Dogge knurrte, aber nur, um das Gesicht zu wahren. Auch der Himmel hatte sich in der Zwischenzeit aufgeheitert, spärliche Dunstfetzen trieben darauf herum, wie verstreute Grasbüschel in einem verfallenen Fußballstadion...
Der Mann begann auf einmal, freundlich auf mich einzureden. »Ihnen vertraue ich. Sie haben ein anständiges Gesicht. Gerade das brauche ich. Hier auf ›Malcontente‹ fühle ich mich auf feindlichem Territorium. Allein mit Casabene, um die Stellung zu halten.«
Er spitzte die Ohren, näherte sich vorsichtig dem Fenster, öffnete es plötzlich und schloß es sofort wieder.
»Aber was könnte denn passieren?« fragte ich ängstlich.
»Alles und nichts«, erwiderte er. »Es gibt diese Bombe, diesen Brief, den sicher jemand gerne vor den andern lesen möchte...«
Er tastete danach in seiner rechten Tasche.
»...Es gibt rund um diesen redenden Toten ein ganzes Wespennest aus Anschuldigungen und Verdächtigungen. Dazu kommt, daß ich wer weiß wie lange hier werde bleiben müssen, bis die Verstärkung kommt...«
Er überlegte eine Weile, kehrte zum Fenster zurück, stand, deutlich sichtbar, im hellen Licht des Raums. Es schien fast, als wolle er vom Zimmer aus für irgend jemanden die Zielscheibe abgeben oder unbedingt gesehen werden. Dann holte er mit einer langsamen

Handbewegung etwas Großes hervor, das mir der viel zu lange Ärmel vorerst verbarg.
»Das behalten Sie«, sagte er bestimmt. »Morgen früh geben Sie es mir zurück.«
Ich schaute ihn gänzlich verblüfft an. Das, was er mir reichte und mich mit stillem Gebärdenspiel ohne Widerrede anzunehmen drängte, das war wohl der Umschlag von Amos, aber drinnen war nicht, wie ich sogleich merkte, sobald ich die Spagatschnüre gelöst hatte, das Kuvert von vorher, sondern statt dessen ein blaues, noch vom Regen zerknittertes Taschenbuch.
»Was immer auch passieren mag«, raunte er mir beim Weggehen zu, »Casabene hält Wache.«

VII
Paganini gewährt die Zugabe

Was für eine Nacht! Ich konnte nur mit Mühe einschlafen, nach so vielen Aufregungen und Überraschungen, deren letzte mir am schwersten im Magen lag. Currò – das war mir nun allzu klar – hatte mich zum Köder auserwählt, ohne mich überhaupt zu fragen. Nichts anderes bedeutete die Mappe mit dem falschen Inhalt, die er mir so auffällig anvertraut hatte, darauf bauend, daß die Pantomime dem in der Dunkelheit Versteckten, für den sie bestimmt war, nicht entgehen würde. Kurz: ein Stückchen Käse für das Schnäuzchen und die Zähnchen einer unsichtbaren Maus...
Das konnte einen schon kränken, und stillschweigend kränkte ich mich, während ich mich anschickte, zu Bett zu gehen, nachdem ich den bei mir deponierten harmlosen Gegenstand unter dem Kopfpolster versteckt hatte. Ich hatte ziemlich Angst, ich bekenne es, mich gegen die Angriffe eines allfälligen Eindringlings zur Wehr setzen zu müssen. Und Casabene... abwarten und hoffen... Ich hätte ihn ja eigentlich gern in Aktion gesehen, einen Veteranen wie ihn, schon reif für das Altersheim... Wie lange würde er, der meinen Schlaf bewachen sollte, dem seinen wohl widerstehen können?...
Mit diesen Ängsten, einer Schere, die ich kindisch unter den Laken umklammert hielt, und geschützt

durch ein leichtes Moskitonetz, stellte ich mich dem Wagnis des Dunkels.

Ich streifte durch eine sanfte, sacht zum Meer abfallende Landschaft. Ich flog mit plüschweichen, schwerelosen Bewegungen dahin, quer durch den abstrusen Glanz eines psychedelischen Sonnenuntergangs. ›Was für ein Ort ist das? Wo bin ich?‹ Keine Angst war in meinem Nichtwissen, nur ruhige, der Erfüllung gewisse Zuversicht; wie wenn man eine Münze in die Jukebox wirft und wartet. Irgendwer würde antworten, von einem Empyreum her oder von einer Kanzel, und entlang einer Luftströmung schwebte ich ihm entgegen, zwischen zwei Geländern von Bänken, ein mageres kleines Mädchen mit einer Schleife im Haar, einer Schürze und mit von roter Tinte schmutzigen Fingern, von Blut befleckten Fingern, einem roten, frischen und verblüffenden Blut, das zum ersten Mal aus der Schmach einer Wunde gequollen war.
›Wo bin ich? Was für ein Ort ist das?‹ Ich fliege über Wälder, eine Lichtung. Gerade noch kann ich dort einen alten Mann erkennen, der ausgestreckt zwischen versengten Grasbüscheln liegt, mit zwei Kupfermünzen auf den Augen. Ich weiß genau, daß ich träume, und wenn es schon im Alltagsleben schwierig genug ist, Menschen zu begegnen, die keine Schemen sind… Genug, der alte Mann regt sich, erhebt sich, geht und schaut mich dabei mit großen blinden Augäpfeln an, steht nun still mit bloßem Kopf auf dem Pflaster einer Stadt, auf dem Zebrastreifen einer tosenden, winddurchtobten Stadt, die sich ständig

dreht, sich wendet, in sich zusammensackt... Bis sie verschwindet und die Ebene wieder an ihre Stelle tritt, eine unübersehbare Ebene, auf die ich mit ausgebreiteten Flügeln schreiend niederstürze.
›Wo bin ich? Was für ein Ort ist das?‹ fragte ich mich wieder, und von einer jähen Beklommenheit erfaßt, erwachte ich.
»Ciao, Esther«, sagte ich zu mir, »hab keine Angst, du bist's.« Und wie gewöhnlich in schwierigen Situationen, sprach ich mir liebevoll Mut zu: »Komm, Esther, ruhig. Bleib ruhig, steiniges Ithaka, apulisches Tafelland.« Das waren die Spitznamen, mit denen mich in der Schule die molligeren Mitschülerinnen aus Eifersucht auf meine Noten verfolgt hatten...
In diesem Augenblick spürte ich an der Hüfte die Kälte eines Gegenstands, der nicht dorthin gehörte. Ich öffnete die klammen Finger, ließ die Schere los und saß mit einem Ruck aufrecht im Bett. Nein, es bestand keine Notwendigkeit, sich ihrer zu bedienen, kein Unbekannter stand an meinem Bett, und dennoch hatte ich weiß nicht welches Gefühl höchster Beunruhigung den Raum erfüllt und war auf geheimnisvolle Weise bis auf den trüben Grund meines Bewußtseins gesunken. Ich rieb mir die Augenlider: Ein rotschimmernder Feuerschein bemalte die ostseitigen Wände gegenüber dem Fenster, einmal zitternd kurz aufflammend, einmal flimmernd. Man hörte es nicht, aber man ahnte ein ununterbrochenes Prasseln wie von Reisigbündeln oder Stoppeln mitten auf einem Feld. Wirr im Kopf, stand ich auf und zog rasch die Vorhänge zurück. Der Himmel war ein

Flammenmeer, es gab keinen Zweifel über die Richtung: Die Kapelle oben auf der Anhöhe brannte. Ich warf einen leichten Schlafrock über, rannte die Treppe hinauf, hin zum Halbmond des Belvedere. Ich war die letzte bei dem kleinen Gebäude: Die ganze Gesellschaft (oder fast die ganze, soweit es zu erahnen oder zu erkennen war) hatte sich schon zum Schauen eingefunden, man glaubte sich in *Quo vadis?*, an der Seite Neros & Co., nur die Kithara fehlte. Außer daß man auf unserer kaiserlichen Tribüne fast erstickte, da zur Schwüle von vorher die sich in der Luft ausbreitende Hitze des Brandes hinzukam. Eine seltsame Tribüne, auf der wir alle mehr oder weniger die buntest zusammengewürfelten und ausgefallensten Negligés anhatten...

Das Feuer zu löschen, hörte ich von mehreren Seiten, würde nicht möglich sein, da die Mittel und die Leute dazu fehlten. Genausogut könne man darauf warten, daß das Gebäude, nachdem alles Brennbare verbrannt wäre, von selber einstürze. Und Gott sei Dank sei Windstille...

Ich hielt Ausschau nach Currò, den ich bei der Ankunft in einer komischen Spähpose ertappt hatte, mit dem Rücken zur Gesellschaft, über die Brüstung gebeugt zwischen zwei Büsten und aufmerksam in die Dunkelheit schauend. Er war in Shorts und richtete sich mit kurzen, braunen, um ehrlich zu sein, auch ein wenig krummen Beinen auf den Zehenspitzen auf...

Ich hatte ihm auf den Rücken geklopft, er hatte mich mit Erleichterung erkannt, einen Augenblick später hatte ich ihn aus den Augen verloren.

Da war er wieder, als alles vorbei war, als vom Brand nur mehr eine große schwarze Rauchwolke am Himmel übriggeblieben war, wie der Qualm einer Pfeife; da kam er, gefolgt von Casabene, über die Treppe herauf und schwenkte dabei, wie weiland Perseus das Haupt der Gorgo, die Siegestrophäe, eine häßliche blonde Damenperücke.

»Ein Unglückseliger«, verkündete er der bestürzten Versammlung, »hat das Feuer, das ich hiermit als vorsätzlich gelegt erachte, und die darauffolgende Verwirrung benutzt, sich in das Zimmer des Fräulein Esterina einzuschleichen. Er vermutete sicher, dort einen Schatz zu finden. Ich habe ihn um ein Haar verfehlt, obgleich: Haare hat er genug zurückgelassen.« Und lächelnd schüttelte er die Perücke.

Ein Gemurmel ging durch die Umstehenden und wurde zum Ausruf des Staunens, als der Kommissar hinzufügte: »Er suchte selbstverständlich die Mappe von Amos, und man kann auch nicht behaupten, daß er sie nicht gefunden hätte. Nur schade, daß ihm all die Gymnastik nur ein kleines Buch eingebracht hat. Ein schönes, um der Wahrheit Ehre zu geben. Seiner Bildung wird es nützen.«

Wir waren alle erschöpft, schläfrig. Es war ein Trost, ihn sagen zu hören, daß wir ruhig bis Mittag im Körbchen bleiben sollten. Morgen nachmittag um vier Generalversammlung im Pavillon.

Ich war sicher, daß sich Currò am Mittag des folgenden Tages wieder zum Essen bei mir einladen würde, und so war es auch. Es war mir unangenehm oder vielleicht war es mir angenehm, daß er allein kam und den Korporal Casabene auf wenig demokratische Weise mit dem Negus in der Absteige für Gäste zusammenspannte. Außerdem hatte ich ihm, mit meinem kleinen Gaskocher und den armseligen Vorräten, wenig anzubieten. Aber auch dieses wenige nahm er höchst angetan entgegen, ohne auch nur eine Minute mit dem Kauen und Reden aufzuhören. So erfuhr ich, daß ich am Abend zuvor nicht wirklich in Gefahr gewesen war, da er und Casabene gut aufgepaßt hätten.

»Ich hatte undeutlich einen Schatten über die Treppe heraufkommen sehen«, sagte er. »Also wollte ich den Unbekannten dazu verleiten, einen Überfall zu verüben.«

Angesteckt von meinem Exboß, fand ich Gefallen daran, in Bildern zu sprechen. »Diese Ablenkung durch das Feuer machte uns einen Strich durch die Rechnung. Andernfalls wäre der Fuchs in die Falle gegangen.«

»Allerdings«, gab Currò zu. »Auch ich ließ mich dadurch ablenken. Deswegen ist er mir durch die Finger gegangen.«

»Warum *er*?« wandte ich ein. »Kann es nicht eine Frau gewesen sein?«

»Mit so einem Toupet?« wandte er ein. »Eine Frau hätte es nicht gewagt, es aufzusetzen.«

»Möglich«, sagte ich. »Aber solche Kleidungsstücke finden sich nicht in der Garderobe eines Mannes.«

»Ja, aber hier gibt es keinen Mann, der nicht Zugang zu der Garderobe einer Frau hätte.«

So machten wir eine Weile weiter, mit Rede und Gegenrede, einander widersprechend oder miteinander übereinstimmend. Bis die Stunde der Versammlung kam, bei der wir zu meiner Beschämung zusammen und zu spät ankamen.

Wir nahmen Platz, und Currò legte feierlich die Perücke auf den Tisch und das mit allen seinen Siegeln und Verschlüssen noch intakte Kuvert.

Er hob erstere hoch: »Wem gehört die?« fragte er herrisch. »Mir«, hauchte Cipriana. »Ich habe sie seit Monaten nicht aufgehabt, ich habe sie seit Monaten nicht gesehen.«

Ich hätte geschworen, daß das nicht stimmte, und wollte gerade den Mund aufmachen, aber der Kommissar kam mir zuvor: »Belanglos. Der Stippvisite von heute nacht lege ich, obwohl sie auffällig war, wenig Gewicht bei. Der Täter, wer immer es gewesen sein mag, hatte als einziges Ziel, den neuesten Letzten Willen Medardos etwas früher als die anderen kennenzulernen. Und diesen, wenn nötig, für immer zum Schweigen zu bringen. Nun, da ich den Verdacht hege, daß er im Sinne hat, es wieder zu versuchen, und da ich fürchte, daß er Erfolg haben könnte, beschließe ich, zu Unrecht oder zu Recht, ihm zuvorzukommen, und schreite zur öffentlichen Verlesung, aus Gründen höherer Gewalt. Deshalb habe ich Sie zusammengerufen.«

Betretenes Schweigen aller.

»Die Schutzhülle«, sagte Currò, »ist, wie Sie sehen, verschwunden. Wahrscheinlich irgendwo im Meer oder in den Flammen; zusammen mit dem mir teuren Büchlein, das ich hineingetan hatte und das ich wieder werde kaufen müssen. Aber sie war nur ein Behältnis, der tatsächlich wertvolle Inhalt ist noch in unserem Besitz, unbeschädigt, hier auf dem Tisch.«

Er hob das Kuvert in die Höhe, trug es, wie das erste Mal, rund um den Tisch, um seinen Zustand überprüfen zu lassen, machte es dann mit umsichtiger Langsamkeit auf. Er zog schließlich ein paar Blätter heraus und reichte sie dem Bildhauer zum Lesen.

»Sie sind dran«, sagte er. »Sie sind der Verwahrer.«

Also las Amos mit der Stimme eines pensionierten Oberfeldwebels:

An den Herrn Kommissar oder seinen Stellvertreter,
an die Herren Richter oder ihre Stellvertreter,
das Ganze kehrt, anwesende Herrschaften. Mein Schwager Ghigo ist unschuldig. Ich hasse ihn selbstverständlich. Und dennoch genügt es mir voll und ganz, ihm Angst eingejagt zu haben. Außerdem: Wenn ich ihn anfänglich als ein falsches Ziel verwendete, so nur deshalb, weil ich einen ausgeklügelteren Plan hatte, der Ihnen sogleich zur Kenntnis gebracht wird. Inzwischen entlaste ich ihn mit diesem meinem zweiten Schriftstück, das ihn von Schuld befreit, gleichzeitig aber den wahren Schuldigen ins Verderben stürzt.

Bevor ich aber fortfahre, lassen Sie mich ein wenig abschweifen. Ich, der hier Unterzeichnete, Medardo Aquila, bin – auch für die, die mich schlecht oder gar nicht kennen – ein Mensch, der dem Leben gegenüber furchtsam und mißtrauisch ist. Furchtsam und mißtrauisch, und doch so von Liebe erfüllt. Von Liebe zu den Jahreszeiten, zu den Tageszeiten, zu je-

der Regung der Erinnerung oder des Begehrens, dem ganzen Regenbogen der Empfindungen, sei es des Herzens oder der Sinne, der unter meiner Haut und meiner Stirne strahlt und der das Staunen darüber, Ich zu sein, einmal raunt, einmal schreit…!
All das wird demnächst ein Ende haben, und das ist eine unerträgliche Katastrophe. Wie sollte ich daher nicht bestrebt sein, diese Katastrophe ein wenig zu überleben, sei es auch nur in Gestalt eines redenden Gespenstes, mit diesem nachgemachten Aussehen eines rächenden Lazarus? Deswegen stehe ich in diesen Papieren wieder auf: um noch ein bißchen zu zählen, um noch Schmerz zuzufügen oder Linderung zu bringen, um das Publikum des Welttheaters ein letztes Mal in Erstaunen zu setzen…
Hören Sie mir also zu, und sparen Sie nicht mit dem Applaus. So ist es Brauch bei jeder Ehren- oder Abschiedsvorstellung, wenn der erste Charakterdarsteller oder auch ein Schmierenkomödiant von der Bühne abgeht. –
Ich beginne mit einer Kindheitserinnerung, einem wundervollen Abend aus Lichtern, Staunen und Schrecken, auf einem Platz in der ersten Reihe: »Hopp, hopp, Messalina!« schrie der Dompteur, und gehorsam sprang der Tiger in den Feuerkreis. Dann kamen Jongleure, dumme Auguste, Artisten, Zauberer. Einer, Valdemaro, prägte sich mir auf immer im Gedächtnis ein. »Hergeschaut!« sagte er mit ganz, ganz tiefer Stimme, und dabei wirbelte er derart wahnwitzig schnell die Würfelbecher durcheinander, daß ich glaubte, die ganze Welt sei eine unerschöpfliche ›boîte à surprise‹, in der Mädchen und Tauben,

Schwerter und Sonnenstrahlen jeden Augenblick Namen und Rollen tauschten.

»Herr Zauberer«, flehte ich ihn nach der Vorstellung an, wobei ich ihn an der Jacke zupfte, »bringen Sie es mir bei, ich flehe Sie an.« Er warf mir nur eine Handvoll Karamellen zu, die augenblicklich in der Luft zu einem Regen bunter Tüchlein wurden...

»Hergeschaut!« sage ich nun zu Ihnen. Doch aus dem Spiel, das ich spiele, werden keine Freuden entstehen, sondern Tränen, Grauen und eine gehässige, aber unvermeidliche Anklage. –

Als erstes nehmen Sie den vorliegenden Umschlag in Augenschein, der von mir dem Bildhauer Soddu in aller Feierlichkeit am 14. August nachmittags um 16 Uhr überreicht wurde, wie Ihnen selbiger in seiner ganzen naiven Liebenswürdigkeit wird bestätigen können.

Der Umschlag wird sich Ihnen, was die Umhüllung betrifft, als leicht zugänglich herausstellen; während Sie, wenn Sie das Kuvert darin erkunden wollen, die Siegel darauf zerstören werden müssen...

Amos unterbrach sich, um zu trinken. Das benutzte Daphne, um zu fragen: »Ich kenne mich überhaupt nicht mehr aus. Welche Umhüllung? Ich sehe nur eine Auster ohne Schale.«

»Die Schale wurde gestohlen, erinnern Sie sich nicht?« sagte Currò ungeduldig. »Sicherlich konnte der Tote das nicht im vorhinein wissen...«

Aber Amos hatte schon wieder mit der Verlesung begonnen:

Warum betone ich das? Weil ich im vorhergegangenen Fall anders vorging, als ich zum Verschließen des ersten Umschlags nur ein wenig Speichel und sonst nichts verwendete. Sie staunen? Sie haben den Eindruck, ich erinnere mich nicht richtig? Nein, es ist so, wie ich Ihnen sage: kein Siegel, nur ein wenig Speichel... Dadurch brachte ich den Verwahrer dazu, das Verwahrte zu erbrechen, ohne auf meinen Tod zu warten; aber ich legte ihm gleichzeitig einen Hinterhalt... Ich baute darauf, daß der Indiskrete, als er die im Brief erwähnten Siegel als inexistent erkannte und die Diskrepanz entdeckte, zur Überzeugung gelangen würde, daß es sich dabei um eine Nachlässigkeit von mir handle, und dafür Sorge tragen würde, diese eigenhändig zu bereinigen. Übertrieben berichtigende Übergenauigkeit, unvorsichtige Vorsicht, die ihn nun auf einleuchtende Weise entlarvt und das Aufbrechen beweist!...

Aber wird das alles auch eintreffen? Wird das Fangeisen zuschnappen? Wird die augenscheinliche Jungfräulichkeit des Futterals Ihnen paradoxerweise die Gewißheit der erlittenen Vergewaltigung geben können? Ich kann es nicht wissen, aber ich prophezeie es. Ich kenne meinen Mann in- und auswendig. Ich weiß schon, daß ich ihn mit meinen Zügen eines blind spielenden Schachspielers schlagen werde. Ich weiß schon, daß der Rechtsanwalt Belmondo – der Moment ist gekommen, seinen Namen zu nennen – als Entree zum künftigen Verbrechen den Fehler begehen wird, das fest zu verschließen, was verschlossen nicht war; in der Überzeugung, einen hervorragenden Plan unter Dach und Fach zu bringen, einen grausamen, klaren, einfachen Plan. Mit einem einzigen Schönheitsfehler: daß es nicht seiner, sondern meiner ist. Ich bin es, der ihn ihm leiht, ihn ihm aufdrängt, ihn ihm auf dem Teller serviert. So wie ich es bin, der ihn heute vereitelt...

Zusammenfassend stelle ich mir die Szene so vor: Mit ein wenig Wasserdampf bringt sich Apollonio in den Besitz meiner Papiere und erfährt daraus dreierlei: daß ich krank bin und den Tod herbeisehne; daß ich hoffe, mir diesen Tod dadurch zu verschaffen, daß ich entweder meinen Schwager oder meine Frau dazu verwende, und sie so einer ganz schweren Bestrafung zuzuführen; daß das Dokument in seiner Hand, das die Schuldigen an jenem Tod nennt, gleichzeitig eine Sinekure für jeden anderen stellvertretenden Mörder darstellt.

Wie in einem Spiegel lese ich seine Gedanken, sehe ich seine Taten: Er lacht über mich, weil ich eine so schrullige Falle gestellt habe; er weiß sehr wohl, daß weder meine Frau noch Ghigo, beide feigherzig, je zu grausamen Handlungen fähig sein werden; er spielt mit der Idee, der Natur ihren Lauf zu lassen, nun, da er mich von einer unheilbaren Krankheit befallen weiß; aber es erschreckt ihn die Aussicht, daß ich mich noch rechtzeitig von Cipriana aus ihrem Verschulden (ich besitze dafür schlagende Beweise, und das weiß er) scheiden lassen könnte und daß eine mickrige Abfindung an die Stelle der erhofften Erbschaft treten könnte... Er beschließt daher, auf eigene Faust zu handeln, sich in der Sicherheit wiegend, daß der sich in seinem Besitz befindliche Anklagebrief die Schuld auf Ghigo schieben würde. Er rechnet damit, so, kraft seiner Verbindung mit Cipriana, mein Vermögen in seine Hände zu bekommen und es zu verwenden, und sei es zu nichts anderem als zur Tilgung seiner Schulden, und sich gleichzeitig einen schädlichen Konkurrenten dadurch vom Halse zu schaffen, daß er ihn schnurstracks in den Kerker bringt. Sein höchstes Ziel aber ist es, sich zum Alleinherrn des Unternehmens aufzuschwingen, nachdem er sich aus den ehelichen Banden gelöst hat und in den Hafen der neuen Ehe eingelaufen ist, zusammen mit der lustigen Witwe...

Angegriffen mit derart harten Worten, konnte Belmondo nicht mehr an sich halten. Er erhob sich lärmend, indem er den Stuhl umwarf, und zögerte einen Moment. Beim Lesen war Amos ihm gegenüber, und um ihm die Anklageblätter aus der Hand zu reißen, wie es offensichtlich seine Absicht war, hätte er umständlich um den Tisch herumgehen müssen. Er wählte den kürzeren und platteren Weg, warf sich über den Tisch und versuchte, auf dem Bauch kriechend, sein Ziel zu erreichen. Er schaffte es nicht, ein altes Rheuma bremste ihn auf halber Strecke, wo er bäuchlings liegenblieb und dabei unverständliche Sätze brüllte. Eine peinliche und komische Szene. Es bedurfte der Hilfe seiner Frau und seiner Tochter, um ihn, aschfahl, mit dem Kopf zwischen den Händen, wieder ordentlich hinzusetzen. Ohne sich aus seiner olympischen Ruhe bringen zu lassen, las Soddu weiter:

…zusammen mit der lustigen Witwe. Dies denkt er, oder zumindest denke ich, daß er so dachte. Wenn aber die Sache anders gelaufen sein sollte, wenn die Hülle Nummer eins Ihnen in der originalen, bequemen Verpackung vorgelegt worden sein sollte, ja, dann bin ich gescheitert, und es geschieht mir recht.
Falls Sie sie hingegen mit einem schönen Petschaft aus rotem Wachs versiegelt gesehen haben sollten (eben jenem, das in der Schreibtischlade Belmondos liegt), so ist das der entscheidende Beweis für das Aufbrechen. Und durch wen, wenn nicht durch den, der die Hülle in seiner Obhut gehabt hat? Und aus welchem anderen Motiv als dem, uns glauben zu machen, daß er von nichts wisse? Und was hätte er mit einem derart heimlichen Vorgehen sonst vorgehabt, als sich zum allfälligen Ausführenden des Mordes zu erheben?
Verhaften Sie ihn also, legen Sie ihm Handschellen an, und schonen Sie ihn nicht. –
An dieser Stelle werden Sie sich fragen, warum ich mich so aufführe, welchen Sinn diese erfinderische Verrücktheit von mir wohl hat. Eigentlich würde ich allzu gerne alles in Zweifel lassen, aber als Verleger und eingefleischter Leser von Krimis habe ich das Gefühl, daß ich damit meiner Pflicht nicht nachkommen würde. Ich gebe also eine Erklärung, in der Hoffnung, daß ich dadurch, daß ich Ihnen eine Erklärung gebe, ein bißchen Klarheit über mich selbst gewinnen kann. Ich habe schon von der unheilbaren Krankheit gesprochen, die mich dazu bringt, den Tod zu suchen. Ich habe schon davon gesprochen, daß mir der Tod als der beste erschiene, welcher durch einen Feind herbeigeführt wird, der dafür mit

dem allerschönsten Kerker büßen würde. Gut, das ist der Augenblick, Ihnen zu sagen, daß es nicht Ghigo ist, der mir für diese Henkersrolle geeignet erscheint. Ghigo hat einen vifen Verstand, aber ein feiges Herz. Er ist alles in allem ein Verzweifelter, den ich nur schlecht ertrage, aber als von meiner Art empfinde. Wie ich leidet er nicht weniger gern, als er leiden macht... Nein, nicht er ist der Feind, den ich mir als Sündenbock wünsche. Es ist vielmehr ein Mittelmäßiger: Apollonio Belmondo. Der einzige, dem meine Frau, meine kannibalische Frau, unter ihren zahllosen harmlosen und flüchtigen Liebhabern mit Haut und Haar verfallen ist; der einzige, auf den ich rasend, tödlich eifersüchtig bin. Ja, eifersüchtig, denn – lächeln Sie bitte, lachen Sie – was immer ich auch sonst andere glauben machte, ich liebe meine Frau, ich habe sie immer geliebt. Ich, Medardo, der Großartige, ich, ›le cocu magnifique‹, rufe es Dir aus dieser Handvoll fühllosem Staub, zu dem ich geworden bin, noch zu, o Cipriana: Ich liebe Dich. Und ich möchte, daß Du Dich, während Du mir zuhörst, einen Augenblick daran erinnerst, daß auch Du mich einst geliebt hast in manch einer unserer glücklichen Stunden: in jener Mitternacht auf Capo Mulini, als wir nackt badeten und der Mond Deinen Leib mit einem Öl zerlassener Perlen zu beträufeln schien... an jenen Morgen im Hotel (in Zürich? in Genf?), als wir erschöpft im Bett lagen, die frühe Sonne Dein Haar durchdrang und Du wieder meine Lippen auf Deinen Augen spüren wolltest... Verflixt, ich fühle mich davon noch immer ergriffen! Aber noch verflixter für Dich, Apollonio, der Du sie mir geraubt hast. Von meiner Hand geführt, hast Du mich krepieren lassen, auch gut. Mit einem Stoß meiner Hand sollst nun Du krepieren, und für immer!

                Hochachtungsvoll
                der verstorbene Medardo Aquila

PS: Und jetzt habt Euren Spaß damit, mit diesem Eurem einundzwanzigsten Jahrhundert!

VIII
Unvergeßliches Wachbleiben eines späten Mädchens

Allgemeiner Aufruhr. Alle mit Ausnahme Belmondos, dem das vorhergehende Husarenstück jegliche Kraft geraubt hatte, protestierten, schrien, ohne einander zu verstehen: Es ging zu wie auf der Galerie in Parma, wenn der Bariton patzt. Was mich betrifft, so war es nicht die Überraschung, die in mir angesichts dieser zweiten, vermutlich endgültigen Wahrheit überwog. Es war vielmehr eine Art persönlichen Grolls gegen und Enttäuschung über den Verstorbenen, dessen verführerisches Bild in den letzten Stunden der traurigen Gestalt eines Marionettenspielers Platz gemacht hatte, der es darauf angelegt hatte, mit allen sein Spiel zu treiben, aber insbesondere, wie mir schien, mit mir. Ob seine zusätzlichen Spitzfindigkeiten nun Wahrheit oder Lüge waren – mich jedenfalls überkam dabei eine Art Seekrankheit, da ich erkannte, daß ich wieder einmal zur Marionette geworden war, mit allen Fäden in seinen Händen...
›Hanswurst!‹ tadelte ich ihn wieder bei mir selbst. ›Lieber Hanswurst!‹ verbesserte ich mich sogleich, als ich an jenes »diesem Eurem« statt »diesem« dachte, mit dem der Brief geschlossen hatte. Was für ein sarkastisches Sich-Abkehren, was für ein gleichmütiges Sich-Distanzieren vom Leben und von uns allen! Er mußte wirklich schon den Tod im Nacken

sitzen gespürt haben, schloß ich, nachdem ich mir wieder die Kombination des Demonstrativpronomens mit dem Possessivpronomen durch den Kopf hatte gehen lassen. Inzwischen hielt ich Ausschau nach Currò.
Er befand sich, wie ich wohl schon gesagt habe, genau mir gegenüber, so daß ich die erste war, die in seinen Augen ein doppeltes Licht kreisen sah, wie das von zwei Feuerwerksrädern beim Fest des Schutzpatrons. Es war ein Aufblitzen von Lachen, schien mir, wenn auch von einem hinter einer versteinerten Miene versteckten. Doch um des Tumults Herr zu werden, mußte er mit den Fäusten auf den Tisch schlagen, nicht ohne sich vorher die Ärmel, deren Überlänge ihn behinderte, aufgekrempelt zu haben. Darauf begann er ruhig und überlegt zu sprechen, aber beinah mehr für sich allein als zu unserer Versammlung.
»Kein Testament also, wie irgend jemand befürchtet hatte, sondern eine zweite Denunziation. Und ich muß schon sagen, daß mir, wie Ihnen, dieser notorisch rückfällige Leichnam auf die Nerven geht, der sich in die Ermittlungen hineinschwindelt und sie, wie bei einer faden Schatzsuche, jedesmal von vorne wieder anfangen läßt. Trotzdem: Ich bin hier, um die Wahrheit herauszufinden, falls es eine gibt, und ich kann unmöglich die von ihm vorgebrachten Argumente nicht zur Kenntnis nehmen. Auch weil sich durch das Gegrübel seiner krankhaften Geschwätzigkeit eine beachtenswerte Logik zieht, jede seiner Spintisiereien in einer glaubhaften Behauptung gipfelt. Die Geschichte des ersten Dokuments zum

Beispiel... Er beteuert, es Belmondo in einer schlichten Weihnachtsverpackung, wie ein Geschenk in Papier eingewickelt, übergeben zu haben. Wir hingegen mußten es, um seinen Inhalt zu erkunden, derart gewaltsam öffnen, daß es beinahe eines Schneidbrenners bedurft hätte. Moral: Jemand hat es vor uns geöffnet und wieder verschlossen, aus übertriebenem Perfektionismus sogar allzu gut wieder verschlossen, und sich damit verraten.«

Hier machte er eine Pause, zündete sich, seiner eigenen Verwarnung vom Vortag zuwiderhandelnd, eine Zigarette an und nahm sich die Zeit, sie schweigend zu rauchen. Er war zu sehr in Gedanken, um zu bemerken, daß die nicht abgestreifte Asche an der Spitze immer länger wurde und sich nicht mehr halten konnte. Ich starrte gebannt darauf. Bis ihm das Türmchen durch eine winzige Bewegung herunterfiel und sich fächerartig auf seiner Hose verbreitete. Er bemerkte es, ärgerte sich vielleicht ein wenig, wandte sich aber plötzlich an Belmondo: »Was sagen Sie, Herr Rechtsanwalt, zu diesem Umschlag? Was sagen Sie dazu?«

»Es stimmt«, sagte leise Apollonio, der sich wieder ein wenig gefaßt hatte, »ich bin es, der ihn mit Hilfe von Wasserdampf auf- und wieder zugemacht hat. Aber über diese Unrechtmäßigkeit hinaus habe ich nichts Verbrecherisches getan.«

»Ah ja?« schleuderte ihm Ghigo ins Gesicht. Da er sich durch die neue Erklärung von aller Schuld freigesprochen wähnte, war er von der Angst zum Frohlocken übergegangen, und vom Frohlocken kehrte er gerade wieder zu seiner angeborenen Dünkelhaftigkeit zurück. »Oder ist es etwa kein Verbrechen, im vorhinein von dem Spinnennetz, in das man mich verwickeln wollte, gewußt und mir davon nicht Mitteilung gemacht zu haben?«

Currò wurde ernst, schaute durchdringend und schroff: »›Touché‹, Herr Rechtsanwalt, ›touché‹. Es wäre nicht so schlimm, wenn Sie nur aus ungebührlicher Neugierde gefehlt hätten. Das Schlimme ist, daß Sie die ›notitia criminis‹ geheimgehalten haben. Nicht nur das: Indem Sie die einmal geöffnete Hülle den postumen Erklärungen des Schreibers angepaßt haben, haben Sie sogar absichtlich die Anschuldigungen bestätigt.«

»Wenn das nicht Unredlichkeit ist!« hakte Ghigo ein. Und Currò: »Alles in allem eines von beiden, und davon kommen wir nicht weg: Entweder Sie hielten sich wissentlich abseits, darauf wartend, daß Ghigo die Untat begehe; oder Sie handelten aus übergroßer Ungeduld allein, darauf vertrauend, daß andere an Ihrer Stelle büßen würden... In dem einen wie in dem anderen Fall, Herr Rechtsanwalt – wenn ich in Ihrer Haut steckte, wäre mir mulmig zumute.«

Schon wieder! Das mußte ein unvermeidlicher Kehrreim bei seinen Verhören sein. Besser, man achtete nicht darauf. Nicht so Apollonio. Er sackte in seinem Stuhl zusammen wie ein geplatzter Schlauch.

Keiner getraute sich, einen Kommentar abzugeben: Es war befremdlich, den Mann gezwungen zu sehen, sich zwischen zwei gleichermaßen peinlichen Rollen zu entscheiden, der des stillschweigenden Komplizen oder der des Missetäters in Person, die eine wie die andere um einige Nummern zu groß für seine

Mittelmäßigkeit. Wo er uns doch nur zu ängstlichen Verfehlungen und harmlosen Nörgeleien fähig schien...
Keine Kommentare also. Dennoch hörte man in der Stille eine Stimme, die von Hochwürden Nisticò, der die Bibel auswendig kannte und es immer wieder liebte, daraus unheilverkündende Trompetensoli zu entnehmen: »Ich zerschlage den Winterpalast und den Sommerpalast, die Elfenbeinhäuser werden verschwinden, und mit den vielen Häusern ist es zu Ende, spricht der HERR...«
Es wird kein Zufall gewesen sein, aber Monate danach, beim Blättern in der Bibel, fand ich zu meinem großen Erstaunen heraus, daß dies die Worte eines der kleineren Propheten waren, eines Propheten mit dem Namen Amos.

Lietta stieß einen gellenden Freudenschrei aus. Soeben hatte sie aus dem kleinen Transistorradio, das sie abends und morgens mit Kopfhörern hörte, über einen Lokalsender erfahren, daß die Verbindungen mit dem Hinterland bald wiederhergestellt sein und daß im besonderen bei den »Malcontente« Rettungsmannschaften nicht später als am nächsten Tag eintreffen würden. Beschwingt von dieser Neuigkeit, schwärmten alle aus, nur wir, Currò und ich, blieben in dem plötzlich stillen Pavillon zurück. Schließlich machten wir uns zu einem Spaziergang im Dunkeln auf, da alle, wie es schien, zum Abendessen gegangen waren.
Schritt vor Schritt setzend, gingen wir zum Strand hinunter. Er hängte sich in mich ein, begann, mir von

sich zu erzählen, ich erzählte ihm von mir; ich weiß nicht, was für eine Woge wehmütigen Hochgefühls durch meine Adern rauschte. Bald überkam es mich, ihm voll Vertrauen mein Herz auszuschütten, über mich, mein Leben, das Leben im allgemeinen... und wie dieses unsinnige Drama einen heiteren Waffenstillstand gebrochen hatte; und wie sehr es mir im Herzen weh tat, mir die ironische und trostlose Anwesenheit des Verlegers dort oben im Spielzimmer vorzustellen, auf der grünen Platte eines Tisches, ohne irgend jemanden, der Wache hielte...

Ich war hingegangen, um ihm einen Moment das Schweißtuch vom Gesicht hochzuheben, so als hoffte ich, auf seinen Lippen einen unmißverständlichen Satz zu lesen. Ich hatte ihn einen Augenblick genau angeschaut, was für ein Bild des Jammers: eine aschfahle, blutleere Leiche, vom übergroßen Aderlaß ausgezehrt wie eine Tube Karmesin auf dem Arbeitstisch eines Malers... Der üble Geruch frühzeitiger Verwesung hatte mich vertrieben, den ich nun aus der Nase zu kriegen versuchte, indem ich tief die salzige Meerluft einatmete und ohne Unterlaß über mich redete.

Currò hörte mir achtungsvoll ernst und einfühlsam zu; es war das erste Mal, daß ein Mann sich lange an meiner Seite aufhielt. Ich fühlte mich ehelich an seiner Plackerei beteiligt; das Verbrechen war unser Kind, das gemeinsam aufzuziehen uns nun oblag; ein Blutsband, das uns dazu drängte, jenes aufzuklären; zwei in einem Pakt Vereinte, so als hätten wir es gemeinsam mit unseren Händen begangen.

»Gestattest du mir«, sagte Currò, einfach zum Du übergehend, »laut zu denken? Es hilft mir.«
Ich sagte ja, natürlich, trotzdem ging er eine Weile schweigend neben mir her. Ich war es aber, die den Anfang machte: »Alles entstand, wie es scheint, aus einer Diagnose ohne Hoffnung. Also muß zuerst einmal geklärt werden, ob der Tumor Wahrheit ist oder Erfindung.«
»Was glaubst du?«
»Ich glaube, so über den Daumen gepeilt, daß er auf Wahrheit beruht. Im nachhinein erinnere ich mich, Aquila wenigstens zweimal plötzlich wanken und tastend sich an einem Stuhl festhalten gesehen zu haben. Er sprach von einem Schwindelanfall, von einem Schleier vor den Augen. Nun, ich verstehe nichts von Medizin, aber auf Grund ganz gleicher Symptome fand in einem Film Bette Davis heraus, daß sie an einer Gehirnkrankheit litt... Außerdem erinnere ich mich an Termine mit Fachärzten und Spezialisten in seinem Terminkalender... und die angefangenen Sätze, die Ahnungen, die Metaphern vom nahen Ende... und wie ihm der Ehering auf dem abgemagerten Ringfinger rutschte...«
»Einverstanden, betrachten wir die Sache als sicher. Außerdem wird die Autopsie Klarheit darüber bringen. Aber was bedeutet das?«
»Das bedeutet, daß er selbst sich für den Tod entschieden hat, und das erklärt auch die folgende Machenschaft, ihn irgend jemandem in die Schuhe zu schieben, aus absurder Vergeltungssucht, einen Feind mit sich ins Verderben zu ziehen. Das also ist ein erster Punkt. Der zweite...«

»Der zweite Punkt«, nahm mir Currò das Wort aus dem Mund, »betrifft die Tasche, die wir im Ford Ghigos entdeckt haben und in der sich ein bißchen Erde und ein Eismesser, eine Art Skalpell, befanden. Dorthin muß sie der Mörder gelegt haben, aber wer ist es? Ghigo oder Apollonio? Apollonio oder Ghigo? Für mich sind sie die zwei Hälften eines Apfels. Ich glaube nicht, daß die zweite Anklage jeden Zweifel beseitigt hat. Und es paßt mir auch nicht, mich jedesmal von dem Toten in seine willkürlichen Walzerdrehungen hineinzerren zu lassen...«
»Ja, aber das Auto gehört Ghigo...«
»Und was bedeutet das? Kannst du dir vorstellen, daß jemand verräterische Indizien an einem Ort seines eigenen Besitzes ausstreut? Wäre das möglich?«
»Es wäre schon möglich«, bestätigte ich. »Um den Anschein zu erwecken, daß sie absichtlich, mit dem Ziel, ihm zu schaden, von der Hand eines anderen dorthin gelegt wurden. Es ist nicht das erste Mal, daß ein Schuldiger auffällige Beweise gegen sich selber fabriziert, um sie derart als gefälscht erscheinen zu lassen und so unschuldig dazustehen.«
»Du liest zu viele Romane«, sagte er, schien aber von der Argumentation beeindruckt.
»Ich schreibe übrigens auch welche«, sagte ich errötend, während ich an mein Manuskript dachte, das in Blut getränkt und wer weiß wo, vielleicht im Müllsack, vielleicht in einem Mistkübel, gelandet war.
Er schaute mich an: »Um so besser. Jetzt hast du also etwas aus dem Leben Gegriffenes, heiß Serviertes. Du könntest dem den Titel ›Absichten eines Clowns‹ geben. Denn das ist ein Verbrechen wie aus dem Zir-

kus, schwülstig, tragikomisch, tragidramatisch... randvoll mit Unzulänglichkeiten, Blindekuh spielen, Stößen über die Hand, Gruben, in die der fällt, der sie gegraben hat... Ein Fall, in dem man, um zu verstehen, was er soll, ein ebenso krankes Hirn bräuchte wie das des Mörders oder, um nicht weit zu suchen, des Opfers selbst.«
»Oder wie deines, Mister Holmes«, spöttelte ich. »Du steckst sie alle in die Tasche; ich wette, daß du es schaffst.«
»With a little help from you, Fräulein Watson«, sagte er und drückte meinen Arm.
Ich traute meinen Ohren nicht, ein Polizist, der die Beatles zitierte...!

Es war spät geworden, aber keiner von uns beiden schien Lust zu haben, schlafen zu gehen. Nach dem Unwetter war die Luft sehr angenehm. An dem durch wegziehende Wolken bewegten Horizont breitete sich im Mondenschein eine Szenerie beschneiter Gipfel und Täler aus, ein unberührtes Land, das Schatten von einem kaum merklichen Grau wie Kotspritzer auf einer Galatoilette verfinsterten. Ich fühlte mich – warum soll ich es verschweigen? – bis oben hin von einer ungewohnten Zufriedenheit mit mir erfüllt. Ich bot der Welt mein in der Finsternis garantiert unsichtbares Gesicht dar und glaubte ohne weiteres – wünschte mir –, daß es wunderschön sei. Ein Mann war bei mir, wir waren ein Paar, so wie unzählige Paare auf unzähligen Stränden in demselben Mittsommernachtstraum. Um so besser, wenn unsere Gespräche um ein Rätsel kreisten; wenn eine Liebelei oder was

immer im Entstehen war, damit eng verbunden sein würde... Teufel, soweit ich mich erinnerte, war das eine noch nie dagewesene Mischung. Und ein noch nie dagewesenes Geschick war es auch, daß ich dem Fortschreiten einer derart mit Blut befleckten Ermittlung mein Liebesbangen und meine unsichere Glückserwartung anvertrauen sollte. Ein Faden verband mich nun mit diesem kleinen, traurigen Mann. Dieser Faden war die Expedition von uns beiden quer durch das finstere Innere dieses Todes. Ich werde es sein, die ihn aufklärt, sagte ich mir. Es gibt keinen noch so guten Polizisten, der gegen den brodelnden Geist eines späten Mädchens, das liebt oder zu lieben glaubt, aufkommt...
Betriebsam machte sich mein Hirn also an die Arbeit. Ich wollte ihm gefallen, und wenn es mir auch an körperlichen Waffen fehlte, so war die kleine Maschine hinter meiner Stirn doch bestens geölt, genügend wach, schlau und hämisch. ›Kommissar Currò‹, sagte ich im stillen liebevoll zu ihm, ›du gehörst mir!‹
Ich setzte mich zurecht, lehnte den Rücken an eine Erhebung aus Sand, streckte die Beine aus und zündete eine Zigarette an. Es war ein angenehmes Plätzchen, und es wurde offenbar von den üblichen Leuten frequentiert, wie ich bemerkte, als ich die Überreste eines vor kurzem stattgefundenen Nachtlagers in Augenschein nahm, darunter eine blutstillende Binde und ein mit Lippenstift beschmierter Zigarettenstummel. »Lietta?« fragte ich laut, aber Currò antwortete nicht, er hatte die Augen aus Müdigkeit geschlossen, war vielleicht eingenickt. Ich begann

also, mit mir allein zu sprechen, und schaute auf das Meer: »Schlaf, schlaf, römischer Bezirks-Sherlock-Holmes, Miss Watson denkt für dich.« Ich hoffte, ihn zu provozieren, erhielt aber als Antwort nur ein halbherziges Gepfeife, ›With a little help‹ noch einmal, aber so katastrophal falsch, daß er von selbst das Repertoire änderte und zu einem bodenständigen ›Guarda che luna‹ überging...
Ich schloß ebenfalls die Augen. Jener skeptische Gegengesang, verstand ich, war die einzig mögliche Begleitung aus seinem Dunkel in meines. Und trotzdem gab ich mich nicht geschlagen: »Pfeif, pfeif nur, was du willst. Du wirst am Ende noch mehr pfeifen, aber vor Bewunderung... Jetzt folge mir einmal, wenn du kannst, während ich Ordnung in deine Kopfschubladen bringe, während ich Zweifel und Gewißheiten benote... Schau, ich zeichne vor dir auf einer imaginären Tafel viele große Fragezeichen auf...«
»Und die Antworten?« bequemte er sich, mich zu fragen.
»Die Antworten kommen später. Aber es ist nötig, daß du mir folgst.«
»Hier«, sagte er plötzlich folgsam. »Hier, Frau Lehrerin. Ich sitze in der ersten Bank, sehen Sie nicht?« Und dabei hob er die Hand. Ich war nur allzu gerne bereit zu glauben, er wolle sich nicht lustig machen über mich, ich habe einen Hang zur Wichtigtuerei. Deswegen fing ich ungeniert wieder mit dem Dozieren an: »Ich sage: Fragezeichen, müßte aber sagen: Faust aufs Aug. Zum Beispiel die Geschichte von der eisschmelzenden Sonne. Kann man denn ihre Wirkung tatsächlich derart genau voraussehen? Und

kann man die Flugbahn eines trägen Körpers mit solcher Sicherheit berechnen, daß er das gewünschte Ziel wirklich trifft? Galileo wäre dazu imstande gewesen oder ein Meister im Bocciaspiel. Aber Ghigo oder Apollonio?«

»Vielleicht aus Experimentierwut«, warf Currò ein, und ein Verdacht begann in mir Gestalt anzunehmen.

»Aber die Rotunde«, fuhr ich fort, »war ein Rummelplatz; es war nicht leicht, sie ungesehen zu durchqueren.«

»Ich habe versucht, die nötigen Handgriffe zu wiederholen«, erwiderte Currò, der sich anscheinend auf keine Diskussion einlassen wollte. »Um die Büste zu verrücken und sie in Angriffsposition zu bringen, genügen unglaublicherweise ein paar Minuten.«

Ein blasser, watteartiger Dunst war vom Meer aufgestiegen, Nebel oder was auch immer, und trieb über dem Wasserspiegel dahin, stieg allmählich zum Ufer herauf und legte sich um unsere Füße, unten, wo sie, gleichsam losgelöst vom Körper, in vier Sandgruben versanken. Eine unbekannte Schlaffheit erfaßte mich, das Gedränge der Fragen in mir wurde schwächer, wurde zum Gemurmel geträumter Schatten. Wer, außer den üblichen beiden, wußte vom kalten Tod? Wer hatte die verräterische Tasche im Auto versteckt und warum? Was machte Aquila gerade im Schuppen, als ich ihn dort in der Pose des einsamen Denkers überraschte? War der, der das Feuer gelegt hatte, der Mörder, war es ein anderer? Und warum war er so begierig darauf, das zweite Dokument kennenzu-

lernen? Was, wer, wie, warum? Alles kam mir im Kopf durcheinander und war mir auf einmal nicht mehr wichtig...
Ich hätte übrigens schwören können, daß in diesem Moment sich nicht einmal er viele Fragen zu diesem Rätsel stellte. Sicher war er wach. Ich hörte ihn laut und nah bei mir atmen, sah in seinem Mund die rote Spitze der Muratti zittern.
»Ich bin aus dem Süden«, sagte er. »Du wirst es daran gemerkt haben, wie ich spreche. Arm geboren. Vor meiner Geburt machte sich meine Mutter – so arm waren wir – aus dem Perkal eines Alkovenvorhangs einen Wöchnerinnenschlafrock, und wenn du wüßtest, unter welchen Schwierigkeiten ich fertig studiert habe, später dann...«
Ich ergriff spontan seine Hand, und mit ineinander verhakten Fingern saßen wir eine Weile.
»Arm, aber stolz«, begann er von neuem. »Einer, der die Fliegen selber verscheucht, wie man bei mir zu Hause sagt. Oder wie die Spanier sagen: ›un hombre de pocas pulgas‹...«
»Was heißt das?«
»...daß er einen oder zwei Flöhe verträgt, keinen mehr.«
»Aber ich...«
»Du, du...«, äffte er mich nach und raunte mir auf einmal gefühlvoll »Mein kleiner Floh« zu und streichelte dabei meine Haare. Ich rang verzweifelt um Haltung, ich hatte keine Praxis, ich konnte nur halblaut eine alte Melodie anstimmen, bis er mir mitten in ›Luna, lunera‹ sanft mit seinen Lippen die meinen verschloß...

»Hast du eine Vollmacht?« protestierte ich, bevor ich mich hingab. Das war ein Satz aus einem Film…
So kam es, ohne daß es jemand tatsächlich gewollt hätte, daß ich in der Nacht des 15. August 1990 in der Mulde zwischen zwei Sandhügeln nicht ohne technische, aber mutig angegangene Schwierigkeiten in den Armen des Kommissars Currò die Jungfräulichkeit verlor.

Es war beinahe schon drei, als ich zu Bett ging. Ich konnte aber nicht einschlafen. Der chirurgische Eingriff, den ich über mich hatte ergehen lassen, hatte mir nur mäßig gefallen. Dennoch war mir daraus eine psychische Erleichterung erwachsen, die gleiche, die man beim Ausdrücken eines Mitessers am Kinn empfindet. In meine Keuschheit eingemauert, hatte ich darin wie in einer Zwangsjacke gelitten. Eine klaustrophobische Erfahrung. Um wieviel freier, weiser ich mich nun fühlte! Die ganze Raserei des vergangenen Tages, mit all seinem Blut und seinen Rätseln, schien ihre Rechtfertigung zu finden in dieser Geste meiner gefügigen Hingabe an einen Fremden. Sogar das Verbrechen fand Ruhe in meinem Kopf; meine Gedanken kreisten darum herum, sich mit der Geschmeidigkeit tänzerischer Bewegung einmal miteinander verknüpfend, einmal voneinander lösend. Entfesselt, wie sie waren, fanden sie schließlich in Harmonie zusammen, jeder Stein des Mosaiks war auf seinem Platz, die Geschichte fügte sich zum Ganzen einer zwingenden Entwicklung. Nicht mehr eine unzusammenhängende, wie von einem Betrunkenen gestammelte Vision, sondern ein Theorem, eine

Grammatik, eine Folge goldener Zahlen. »Ich hab's!« rief ich laut aus und richtete mich im Bett zum Sitzen auf.
Ich schaute auf den Wecker: sieben. Noch eine, eineinhalb Stunden, bevor in der Stadt die Ämter öffneten und es mir ermöglichten, im Wettlauf mit der Zeit ein paar Telefonate mit bestimmten Leuten zu führen. Ich schlummerte beim Warten ein, ich brauchte es. Es war ein kurzer, erfrischender Schlaf, erfüllt von Gesichtern, in denen ich mich als Madonna und Königin sah. Ob ich Grund hatte, so von mir zu träumen, wird man nach einer kurzen Pause sehen.

IX
Das Hasardspiel

Die Neuigkeiten des nächsten Tages ereigneten sich am Meer: Ein Motorboot der Zollwache legte an, um unsere Quarantäne aufzuheben. Heraus stiegen ein Untersuchungsrichter und hinter ihm ein Gerichtsstenograph, ein Gerichtsarzt, ein Notar und zwei junge Männer vom Bestattungsinstitut »Requiem aeternam«, an das sich Cipriana mit dem Auftrag des Abtransports des Toten und der Beisetzung telefonisch gewandt hatte. Plötzlich von Witwentrauer erfaßt, hatte sie aus einer Truhe eine Art schwarzseidenes Peplon ausgegraben, um darin zu trauern, und ging nun unter uns mit einer gereizten Leichenbittermiene herum, ohne eine Gelegenheit zu versäumen, sich als unschuldig am Ehebruch, geschweige denn am Mord, hinzustellen.

Das Wetter war inzwischen heiter, was dem Ort die für ihn charakteristische, heimelige Atmosphäre einer Nervenheilanstalt wiedergab. »Wie schön du bist, meine Freundin, wie schön du bist! Mit den Stuten an Pharaos Wagen vergleiche ich dich, meine Freundin«, deklamierte der Ex-Priester für Lietta, die sich an seinem Arm aus dem Belvedere hinausbeugte. Ich war aus Neugierde hinaufgegangen, um der Landung der Rettungsmannschaft beizuwohnen; und ich war nicht die einzige, überall in den Villen begann es schon zu rumoren. Als eine der ersten machte ich die Bekanntschaft mit den neu Angekommenen, darunter der Untersuchungsrichter namens Francalanza, der sich als ein einigermaßen unbedarfter, aber auch recht redegewandter junger Mann herausstellte, zumindest solange sich nicht seine Zunge in einem Stotteranfall zwischen den Zähnen verklemmte. Derartiges allerdings verstärkte, besonders in Anwesenheit von Frauen, eine krankhafte Schüchternheit, die ein großes, rotweinfarbenes Muttermal schon als Kind in ihm genährt haben muß.

So jedenfalls präsentierte er sich auf dem Sessel am Tischende, der bisher der Curròs gewesen war, und ich gestand mir innerlich ein, daß ich mir für meinen baldigen öffentlichen Auftritt keinen geeigneteren Zuhörer hätte wünschen können, vereinte er in sich doch Amtsgewalt und Herzensscheu.

Seine ersten Handlungen waren rein routinemäßige gewesen: eine Beratung unter vier Augen mit dem Kommissar, eine rasche gegenseitige Vorstellung mit jedem von uns. Danach bedurfte es einer Plenarsitzung für einen totalen Konfrontations-»Strom«, was – wie er sagte – seine informelle Art der Eröffnung einer Untersuchung in Fällen wie dem unsrigen war. Dann erläuterte er, vor allem sich selbst, die beiden Briefe des Verlegers, indem er ständig in ihnen nachlas; noch mehr zog er aber meine Aufzeichnungen über das Kommen und Gehen oder, wie er dies nannte, das »Verzeichnis der Alibis« zu Rate, das ihm Currò bereitwillig überlassen hatte. Doch tauchten nach Beginn der Verhöre so viele und so auffällige Unstimmigkeiten in der Erinnerung der Versammelten auf, daß der selige Verleger das Recht daraus abgeleitet hätte, sich den Einsatz der famosen Wette unter den Nagel zu reißen. Zu einem Resultat kam man aber: Ghigo und Apollonio gaben zu, auch wenn sie die Stunden und Minuten durcheinanderbrachten, daß sie beide am Morgen des schicksalhaften Tages, kurz vor dem Absturz des Aischylos, zur Rotunde hinaufgegangen waren. Jeder für sich und ohne einander zu begegnen. Einer Aufforderung Medardos folgend, fügten sie hinzu, und das war eine unerwartete Enthüllung, der sie dort oben erwartet habe.

»Aber dann ließ er sich nicht blicken«, sagte Apollonio.

»Mit mir sprach er einen Augenblick«, verriet Ghigo, »gerade so lange, um die Verabredung abzusagen und sie auf den Abend zu verschieben. Ich verließ ihn also und ging weiter zum Solarium.«

Francalanza, mit meinen Aufzeichnungen unter dem bebrillten Blick, nagelte ihn sofort fest, erklärte ihn als unglaubwürdig: Er, Medardo, habe sich nicht vom »Thron« gerührt, wo er das Manuskript gelesen und meinen Wachdienst mit gelegentlichen Telefonaten verfolgt habe.

Das war ein unangenehmer Moment für Ghigo. Als ihn der Richter aufforderte, gut zu überlegen, ob er sich nicht entschließen wolle zu widerrufen, blieb er bei seiner einmal gegebenen Version. Auf die Frage nach dem Ford und dem dort gemachten Fund leugnete er, diesen je gesehen oder berührt zu haben.

»Halten Sie sich zur Verfügung«, sagte Francalanza abschließend, nicht ohne ein bißchen zu stammeln. »Wir kommen später darauf zurück.« Er wollte ge-

rade weitermachen, aber da mischte sich Currò ein. Unter so vielen entweder Verängstigten oder Wütenden oder Verblüfften schien er der einzige zu sein, der klare Vorstellungen von Mitteln und Zweck hatte. ›Der Meine‹, sagte ich mir stolz, obwohl ich ihn so fern von mir empfand, so aus dem Nichts gekommen und dazu bestimmt, wieder dorthin zurückzukehren. Aber deswegen bewunderte ich um nichts weniger das professionelle Brio, mit dem er einmal herrisch, einmal liebenswürdig Verstecken spielte...
Er hatte sich zuvorkommend an den Richter gewandt, beinah, als hätte er Skrupel, sich dessen Befugnisse anzumaßen: »Wir sind alle müde«, sagte er. »Eine kleine Erholungspause tut not.« Dann, sich mit zwei Fingern der Linken die buschigen Augenbrauen glättend: »Warum unterhalten wir uns unterdessen nicht ein wenig im kleinen Kreis? Ohne Protokoll, ohne Tonband. Um mit vereinten Kräften versuchen zu verstehen. Hat jemand eine Idee? einen Zweifel? eine Erklärung?«
Im Pavillon waren wir, die Gäste der Villen, unter uns. Die Dienerschaft und die Außenstehenden waren ausgeschlossen worden, einschließlich des Ex-Gorillas der Aquilas, der plötzlich, ich weiß nicht, durch wessen Verständigung und mit welchen Verkehrsmitteln, wieder aufgetaucht war. Ermutigt durch deren Abwesenheit, raffte ich mich an diesem Punkt auf und wandte mich von meinem Sitzplatz, wie ein Schulmädchen, das ein dringendes Bedürfnis verspürt, mit erhobenem Arm an Francalanza, meldete also, daß ich etwas zu sagen hatte.

»Reden Sie bitte«, gestattete mir der Mann, und ich räusperte mich.

Ich erinnerte mich an den Auftritt des Buchhalters Sudano im Schlußkapitel meines *Qui pro quo* (dem mit dem Titel »Abrechnung«), als dieser sich anschickt, den gordischen Knoten des Falles zu zerhauen, und plagiierte mich schamlos: »Herren und Damen Unschuldige«, sagte ich. »Herr Mörder oder Frau Mörderin...«

Alle schauten mich mit großen Augen an.

»Ich bin«, setzte ich fort, »nur eine Aushilfskraft, die Angst hat, ihre Stelle zu verlieren; im Interesse aller möchte ich aber dennoch einige Überlegungen vorbringen, die ich in den letzten Stunden wiederholt angestellt habe und die, nehme ich an, ein Körnchen Wahrheit enthalten. Ich komme damit auch der Aufforderung des Kommissars Currò nach, der mich als Mitarbeiterin bei den ersten Ermittlungen wünschte, fast als seine Partnerin...«

Ich hatte nicht den Eindruck, daß Currò meine Indiskretion angenehm war, und ich biß mir auf die Lippen, aber ich war nun einmal in Fahrt...

»Wir alle sind bisher dem Toten und seinen Taschenspielertricks ausgeliefert gewesen. Er ist es, wie Frau Orioli von Anfang an so richtig bemerkt hat« – hier dankte mir Lidia Orioli mit einem herzförmigen Lächeln –, »er ist es, der uns mit seinen aufeinanderfolgenden, widersprüchlichen Botschaften nach seiner Pfeife tanzen ließ, wahren Partherpfeilen, die er während seiner Flucht hinter sich abschoß. Nun glaube ich nicht, daß man sie außer acht lassen sollte, sondern daß man sie vielmehr zu unserem Vorteil verwenden sollte... Kurz: Geben wir dem Pferd ein bißchen Spielraum, aber lassen wir es angepflockt...«

Ich lächelte als erste über diese leichtfertige Metapher, der Richter aber lächelte nicht, sagte, ganz im Gegenteil, voll Ungeduld: »Zur Sache!« Doch Currò, den Zeigefinger auf den Lippen, bedeutete ihm, die Ruhe zu bewahren. Dafür erhielt er von mir ein Lächeln des Einverständnisses und der Dankbarkeit.

»Medardo wiederholte häufig«, sagte ich, »der Fehler gewisser Romane sei es, daß es darin zu viele Lerchen für nur einen Lerchenlocker gebe. In der Wirklichkeit ist die Liste der eines Verbrechens Verdächtigen keineswegs endlos, sondern umfaßt kaum ein oder zwei, höchstens drei Personen. In der Mehrzahl der Fälle ist außerdem der Schuldige nicht der am wenigsten, sondern der am meisten Verdächtige. Daher würde ich im vorliegenden Fall vorschlagen, eine erste summarische Aufstellung, die am wenigsten aufwendige, vorzunehmen, indem wir bei Null beginnen und uns von jedem einzelnen überlegen, ob er ein Motiv oder eine praktische Gelegenheit gehabt hat, das Verbrechen zu begehen, auch um so die meisten zu entlasten und die Zahl der Anwärter einzuschränken...«

»Was die Gelegenheit angeht«, sagte Currò, »gibt es fast niemanden, dem sie gefehlt hätte. Zur kritischen Zeit waren mehr oder weniger alle in der Nähe der Brüstung, unterwegs entweder hinauf zum Solarium oder, von dort zurückkommend, hinunter.«

»Mit Ausnahme«, sagte ich, »der beiden Künstler,

Soddu und Duval. Sie hatten nichts gegen den Toten, noch haben sie die Veranlagung zum Töten, wie sehr auch ihre Werke einem Inkompetenten als Indizien für eine verbrecherische Absicht erscheinen könnten...«

Ich bereute sofort diese Geistreichelei und bemühte mich, sie dadurch zu überspielen, daß ich jemand anderen aufs Korn nahm: »Hochwürden Giuliano«, sagte ich, »scheint mir ebenfalls der Entlastung würdig: Man mordet nicht aus Angst, um seine Autorenrechte betrogen zu werden. Sonst gäbe es zu viele eines gewaltsamen Todes gestorbene Verleger und zu viele mordende Autoren. Was aber nicht vorkommt, außer im Falle langweiliger Autoren, die ohne Blutvergießen tödlich sind...«

So böse und übel dieser letzte Witz auch gewesen sein mochte, so konnte ich dennoch sofort sehen, daß er dazu gedient hatte, mir das Wohlwollen des Publikums wiederzugewinnen. Nicht aber das von Giuliano Nisticò. Er schien sich darüber zu ärgern, nicht unter den Verdächtigen zu sein, und murmelte eines seiner Paulus-Zitate:

»Durch einen einzigen Menschen kam die Sünde in die Welt und durch die Sünde der Tod, und auf diese Weise gelangte der Tod zu allen Menschen, weil alle sündigen...«

Prost! Aber für ein Verbrechen zu mehreren Händen gab es schon ein Beispiel in *Orient Express,* und ›repetita non iuvant‹... Wieder Wind in den Segeln spürend, fuhr ich fort: »Kommen wir zu Frau Matilde: keine Abneigung gegenüber dem Verstorbenen, allenfalls ein Gefühl von Solidarität zwischen Betrogenen. Keine genialische Verschrobenheit, die erforderlich gewesen wäre, um einen derart ausgeklügelten Plan auszuführen. Reduzierte körperliche Eignung und gleichzeitig geringe tatsächliche Möglichkeit, geht doch aus meinen Aufzeichnungen hervor, daß sie nach zehn Uhr dreißig zum Belvedere hinaufging, daher kaum Zeit hatte, die Sache in Gang zu bringen.«

»Die Zeit«, sagte Currò. »Das ist ein recht heikler Punkt. Weil wir weder wissen, wieviel Eis man braucht, noch, wieviel Sonnenkraft, um es zu schmelzen, noch, wieviel Zeit, ob eine oder drei Stunden. Daher kommen alle in Frage, falls sie gesehen wurden, wie sie drei bis eine Stunde vor dem Verbrechen, das am Mittag stattfand, hinaufgingen...«

Matilde fuhr in all ihrer Schönheit auf: »Eine oder drei Stunden – für mich ist das alles eins. Ich ging mich sonnen, ich war fast nackt. Wo hätte ich denn das fürs Morden Nötige versteckt? In den Ohren, in den Nasenlöchern?«

»Wenn es darum geht«, sagte Currò eisig, während er meine Alibipapiere zu Rate zog, »so ist hier die Rede von einer großen Damentasche, einer prallvollen. In so einen Beutel geht viel hinein. Sogar eine Kühlbox voll Eis.«

»Meinetwegen«, sagte ich einlenkend. »Lassen wir die verehrte Frau Matilde vorläufig aus dem Spiel und gehen wir zu Lietta. Für mich kommt sie nicht in Frage, und die Gründe dafür liegen auf der Hand. Schauen Sie sie an!« Das Mädchen lutschte gerade wollüstig an einem Daumen und scherte sich nicht um unsere Gespräche; sie hing an den Lippen Nisticòs, als lausche sie voll Anbetung einer seiner stillen Ansprachen.

»Wer bleibt übrig?« fuhr ich fort. »Der Knabe Orioli? Du lieber Gott! Die Mutter Orioli? Sie, das gebe ich zu, wäre imstande, sich so ein Verbrechen auszudenken. Es auszuführen, das bezweifle ich. Aber ich will sie dennoch nicht ausschließen; ebensowenig, wie ich mich selbst ausschließe, die sich doch vom Tode Medardos keinerlei Gewinn hätte versprechen können, wohl aber die allergrößten Unannehmlichkeiten. Es stimmt jedoch, daß uns theoretisch nichts daran hindert zu glauben – so schockierend es auch in aller Augen sein mag –, daß ich seine Geliebte gewesen bin, eine sitzengelassene und rachsüchtige Geliebte; und daß ich die Liste der Alibis der anderen nur deswegen angefertigt habe, um mir selber eines zu verschaffen, indem ich nämlich vortäuschte, zum Spionieren in meinem Zimmer geblieben zu sein, während ich mich in Wirklichkeit zur Anhöhe hinaufbegab, um die mörderische Maschine aufzustellen...«

»Fräulein, das ist purer Größenwahn, geben Sie doch nicht so an«, sagte Currò brüsk. Mit ein bißchen gestutzten Flügeln kehrte ich wieder auf den vorher eingeschlagenen Pfad zurück, aber ich war gar nicht unzufrieden mit jenem offiziellen »Sie«, das nach meinem Empfinden keine Distanz zwischen uns anzeigte, sondern das Geheimnis unserer liebevollen Verbundenheit bekräftigte...

»Schlußendlich habe ich von uns elf in Frage Kommenden fünf erlöst, drei in der Vorhölle behalten. Bleiben Cipriana, Ghigo und Apollonio. Für diese

bedarf es einer längeren Erörterung. Reden wir zuerst über die Dame, und fragen wir uns: Wenn sie tatsächlich ihren Mann hätte umbringen wollen, warum befolgte sie dann nicht dessen Rat und bediente sich der bequemen Methode des elektrischen Todes? Warum sollte sie sich einem anderen und komplizierteren Kunstgriff zuwenden? Von dem überdies sie, so wie die Vorhergehenden, anscheinend keine Kenntnis hatte... Weg also mit Cipriana; oder reihen wir sie allenfalls in die kleine weibliche Gruppe der möglichen, aber unwahrscheinlichen Täter ein...
Das betrifft, wohlgemerkt, das Verbrechen. Anderes hätte ich zu einer Geschichte mit Kuverts und Perücken zu sagen. Diesbezüglich glaube ich nämlich, daß Frau Aquila aus Angst, ein noch unbekanntes Testament könnte sie enterben, versuchte, sich dessen zu bemächtigen, persönlich oder durch einen Mittelsmann. So opferte sie, unter anderem, eine geweihte Stätte dem Feuer...«
Cipriana murmelte, hochrot im Gesicht, irgend etwas und verstummte dann.
Francalanza ging darauf nicht ein. Er hing an meinen Lippen: »Bis hierher stimmt alles«, sagte er anerkennend, »und führt uns, ›tertium non datur‹, zu den letzten beiden, denen, die das Opfer beschuldigt. Unter diesen müssen oder müßten wir eine Wahl treffen... Was sagen...«
Hier ließ ihn seine Zunge im Stich, und Currò mußte eingreifen und den Satz beenden: »...Sie dazu?«
Das war Wasser auf meinen Mühlen. Ich bemühte mich, meinem Stimmchen einen möglichst erwachsenen und ernsten Klang zu geben und zog, eingedenk

meines Helden, des unfehlbaren Buchhalters Sebastiano Sudano, dessen Tonfall ich nachahmte, die folgenden Schlüsse und Rückschlüsse:
»Beginnen wir mit Ghigo Maymone. Der erste Brief des Verlegers beschuldigt ihn, und zwar mit stichhaltigen Argumenten: interessiert am Tod des Geschäftspartners; bedroht von rufschädigenden Enthüllungen; eingeweiht in die Technik des sogenannten kalten Todes, durch Anleitung und direkten Anreiz selbigen Partners; anwesend am passenden Ort zur passenden Zeit; ein lügnerischer Zeuge, der Ihnen uneinsichtig ein Zusammentreffen im Belvedere einreden wollte, das Ihnen unmöglich erschien... Viele dunkle Punkte, trotz des zweiten Briefs, der die Schuld von ihm nahm. Doch keiner dieser dunklen Punkte nimmt letzten Endes Gestalt an. Auch der Beweis des Ford löst sich in nichts auf: Jeder hätte das dort Gefundene in den Kofferraum legen können, der allen zugänglich und mit einem Fingerdruck zu öffnen ist...«
»Gut gemacht, bravo!« sagte Ghigo beifällig, aber ein Chor von »Pst« brachte ihn zum Schweigen.
»Gehen wir«, sagte ich, »zu Rechtsanwalt Belmondo über. Gegen ihn sprechen drei Gründe: der Gewinn, den er aus dem Tod des Verlegers gezogen hätte; der vorsätzliche Eingriff in das ihm anvertraute Kuvert, dessen Inhalt ihn nicht nur auf die Idee bringen konnte, wie er töten, sondern auch, wie er die Verantwortung dafür auf andere abwälzen könnte; die erwiesene Anwesenheit am Tatort zur Zeit der Ausführung der Tat. Nur daß ich mich an diesem Punkt frage: Sind das ausreichende Gründe oder falsche

Gewißheiten? Lassen wir uns nicht von den Gewißheiten überzeugen, schon zu viele haben wir vor unseren Augen zu Fata Morganas entschwinden sehen... Aber ich möchte damit nichts ausschließen, ich will Sie nur vor übereilten Schlußfolgerungen warnen. Auch in Anbetracht eines Umstands, der Ihnen lächerlich und belanglos erscheinen mag, mir aber ziemlich gewichtig erscheint. Hat man je in der Kriminalliteratur aller Zeiten von einem Mörder gehört, der sich Apollonio nannte? Scheint Ihnen das möglich?«

Ich hoffte, daß sie auch diesmal lachen oder lächeln würden. Ich vernahm aber nur ein gelangweiltes, wenn nicht gar feindseliges Gemurre. Daher trat ich die Flucht nach vorne an. »Vergessen Sie es... Aber noch eine Unstimmigkeit kommt ihm auf seriösere Weise zustatten. Da er, sei es auch über Schleichwege, wußte, daß die Tage des Verlegers gezählt waren – wofür hätte er dessen Ende beschleunigen sollen? War es nicht besser, die Tat die Ehefrau oder den Schwager ausführen zu lassen, gleichgültig, ob mit heißen oder kalten Mitteln? Und wenn, angenommen, diese dann nicht den Mut dazu gehabt hätten – auch gut: Es genügte, sich still zu verhalten und zu warten, daß der Tumor sein Werk vollende; und so in den Genuß des Resultats zu kommen, ohne einen Finger zu rühren... Dringlichkeit? Hatte er dringende Schulden? Das ist der Grund, den Medardo angibt, um die Eile des Mörders zu rechtfertigen, aber ist das ein begründeter Grund? Ach was, eine Stundung, die verweigert eine Bank niemandem... Und wenn auch, Cipriana würde ohnehin

bald ihr Erbe antreten, mit dem die Schulden getilgt werden könnten. Es genügte ein wenig Geduld.
In Anbetracht dessen sind wir also wieder am Ausgangspunkt: konfrontiert mit einem Tod, der kein Unfall, sondern ein Verbrechen ist, bei dem es viele mögliche, zwei wahrscheinliche, aber keinen sicheren Verdächtigen gibt. Mit Verdachtsmomenten zu Lasten von jedem, die aber entweder nichtig oder schwach oder fragwürdig sind. Wie jene, die uns beim Hasardspiel dazu veranlassen, jedesmal die falsche Karte zu ziehen...«
»Und nun?« fragten alle im Chor.
Da wollte ich sie haben. Ich stand auf, strich mir mit einer raschen Handbewegung eine Strähne von den Augen, die mir eigensinnig immer wieder darüberfiel, und mit leisem Triumph in der Stimme:
»Also: Ein wenig auf Grund dessen, was ich gesehen und herausgefunden habe, vor allem auf Grund dessen, was ich beim Nachdenken daraus abgeleitet habe, scheint es mir evident, daß alles darauf hinauswill, sich, wie eine Salve von Schüssen, in den Mittelpunkt ein und desselben Zieles zu bohren; daß alles sich verschwört, einen Namen und Zunamen zu nennen. Ich werde Sie auch nicht länger auf die Folter spannen. Hohes Gericht, meine Herren und Damen, der Mörder ist...«
»...der Ermordete«, schloß heimtückisch Currò.

X
Die Leiche in der Falle

Ich hätte ihm die Zunge abbeißen können... Mir auf diese Art die Show zu stehlen...! Aus kindischem Zorn bekam ich feuchte Augen. Ich verkrampfte mich, überzeugt, daß es mir gelingen würde, mich zu beherrschen. Mitnichten: Einen Augenblick später brach ich zum Erstaunen aller in Tränen aus.
Es dauerte nur eine Minute: Currò war mit dem Taschentuch in der Hand von seinem Platz herbeigeeilt, aber es war nicht nötig. Schon lächelte ich unter den Tränen, lachte ich bei dem Gedanken, daß diese Variante eines weinerlichen Intermezzos in der Schlüsselszene eigentlich gut in den Epilog meines *Qui pro quo* passen würde. Ein flüchtiger Gedanke, da ein anderer sich vordrängte.
»Der Ermordete?!« sagte der Richter Francalanza; und an mich gewandt, ohne Currò zu beachten, stotterte er: »Was sagen Sie da? Fassen Sie sich, drücken Sie sich deutlicher aus.«
So lange brauchte er, um seine Anordnung zu Ende zu sprechen, daß ich mich tatsächlich fassen und in Ruhe wieder dort beginnen konnte, wo ich mich vorher unterbrochen hatte: »Der Verleger, ja, und es schmeichelt mir, daß noch jemand« – hier schaute ich verstohlen auf meinen über alles Geliebten – »zu derselben Annahme gelangte. Eher intuitiv, nehme ich an, war er doch im dunkeln über Detailinformatio-

nen, die nur ich – sei es durch Glück, sei es durch Verdienst – besitze, Details, die Beweiskraft haben und denen ich Namen geben werde, wie sie herkömmlicherweise für kriegerische Kampfhandlungen oder für Wirbelstürme auf Jamaika verwendet werden: *Coda di paglia, Call and talk, Naturalis historia.*«
Ich war meiner selbst wieder Herr geworden, und ich kann Ihnen nicht sagen, wie sehr ich mich von Selbstgefälligkeit berauscht fühlte. Alle, außer dem Schlaukopf Currò, saßen mit offenem Mund und aufgerissenen Augen da. Sogar Casabene, der am Eingang Wache hielt, hatte, wohl ahnend, daß ein feierlicher Moment bevorstand, seine Stellung verlassen, um sich hereinzustehlen und zuzuhören. Auch die Dienerschaft und die anderen, die sich vorher mit trägen Schritten in der Umgebung des Pavillons herumgetrieben hatten, waren nun nähergekommen und drückten, ohne daß sie jemand daran gehindert hätte, ihre Nasen an die Scheiben, lugten neugierig herein und versuchten zu hören, was ich sagte.
›Mut, Esterina‹, sagte ich mir. ›Mut, Agatha, du schaffst es.‹

Als ich wieder zu sprechen begann, bemühte ich mich, einen möglichst schlichten Ton zu finden, ohne deswegen dem Ernst des Augenblicks weniger gerecht zu werden. Ein schwieriges Unterfangen, zieht man in Betracht, daß ich mich, nolens volens, ins Rampenlicht gehievt hatte und nicht beabsichtigte, auf ein bißchen Komödienspielerei zu verzichten. »*Coda di paglia*«, erklärte ich schulmeisterlich, »wortwörtlich: Hinterteil aus oder voll Stroh, im übertragenen Sinn aber: schlechtes Gewissen – also das schlechte Gewissen des Mörders. Wie Sie sehen werden, verwende ich jedoch diesen Begriff nicht nur in seiner metaphorischen Bedeutung, war es doch tatsächlich ein Strohhalm, das heißt: eines der flüchtigsten Dinge auf dieser Welt, der mich zur Wahrheit geführt hat. Davon ging ich aus, von einem Halm, der mir an einem unverdächtigen Morgen, an dem Tag vor der Katastrophe, dem nach der Bootsfahrt, am Kleid klebengeblieben war.

Ich war schon zeitig zur üblichen Verabredung mit dem Chef ins Wäldchen hinuntergegangen, und ich saß vor seinem Thron auf einem Stein, den ich, soweit ich mich erinnerte, an dieser Stelle noch nie gesehen hatte. Eine Sitzgelegenheit, die mir in der ihr von mir spontan zugeschriebenen naturbelassenen und ferienhaften Art einladend erschien, die aber mit Erdreich und Stroh verschmutzt war, wie ich nach meiner Rückkehr ins Zimmer mit Mißfallen bemerkte. Ich mußte mich umziehen, und ich hätte nicht mehr daran gedacht, hätte ich nicht Stunden später entdeckt, daß andere, ähnliche Halme am übel zugerichteten Kopf einer Puppe oben im Gerümpellager klebten.

Jener Felsblock und diese Puppe wiesen also ein und dasselbe Merkmal auf, es verband sie die Spur eines ihnen gemeinsamen Kontakts, wie diese klebrigen und schlappen, durch eine lange Feuchtigkeit aufgeweichten Halme bewiesen... Nichts hätte ich in diesem Augenblick daraus folgern können. Erst später, nach dem Tod des Bosses und seinen beiden Erklärungen, ging mir jäh ein Licht auf, und ich sah in aller

Deutlichkeit das Bild der Strohkissen vor mir, auf die sich hintereinander die Blöcke nach dem Verlassen der Eiserzeugungsmaschine legen. Die Augen schließend, hatte ich gleich darauf die gespenstische Vision von einem großen Stein in Schwebe auf der Brüstung der Rotunde, auf einer brüchigen Unterlage, einem Keil aus Eis zum Beispiel, der unter der Einwirkung der Sonne allmählich kleiner wird, und ich stellte mir vor, daß man diesen Stein auf irgendein Ziel hatte hinabstürzen lassen, auf ein ›corpus vile‹ zu Versuchszwecken anstelle des wahren, zum Tode bestimmten Körpers.

Keinen anderen Ursprung konnte jenes ganz kleine Gemengsel aus Halmen und Schmutz haben: Vom Eis war es auf den Stein gelangt und dann zu gleichen Teilen auf den zertrümmerten Kopf der Puppe und die Rückseite meines Rocks. Um es klarer zu sagen: Ich kam zu der Überzeugung, daß jemand, wie bei einem simulierten Erdbeben, kurz vorher die Generalprobe über die Bühne hatte gehen lassen, um die Thermik, die Flugbahn und die tödliche Wirkung des Aufpralls zu berechnen... Jemand – und wer, wenn nicht Medardo selber, der für jedes Buchprojekt pedantischste Layouts zu machen pflegte?«

Das Fragezeichen schien mir ein geeigneter Vorwand, Atem zu holen.

»Warum gerade er?« fragte nach einer Weile vorsichtig Matilde, während sie sich einen violetten Chiffonschal um den Hals einmal aufknüpfte, einmal zuknüpfte.

»Weil«, antwortete ich, »nur er die Zeit dafür gehabt

hätte, da er als einziger während unserer Bootsfahrt am Abend zuvor in den Villen geblieben war. Ganz zu schweigen davon, daß ich ausgerechnet ihn am nächsten Tag bei der Puppe überraschte, als er, denke ich, versuchte, sie verschwinden zu lassen und so einen unbequemen Zeugen aus dem Blickfeld zu entfernen.«

»Eine höchst unglaubwürdige Geschichte«, wandte Lidia Orioli ein. »Eine, die hinten und vorne nicht stimmt. Über solche Beweise würde man im Gerichtssaal lachen.«

»Unwahrscheinlich genug, um wahr zu sein«, gab ich zurück, und Currò sagte:

»Langsam. Verwechseln wir nicht die Stichhaltigkeit eines Indizes mit seiner Augenfälligkeit. Ein Strohhalm ist nichts besonders Auffälliges, aber es bedeutet etwas, wenn er sich dort befindet, wo er sich nicht befinden sollte. Und wenn Sie mir den respektlosen Einwand gestatten: Es ging in diesem Fall nicht so sehr darum, den Balken im Auge zu sehen als vielmehr den Strohhalm auf dem...« – er zögerte, schien zwei Möglichkeiten zu erwägen, bevor er sich widerstrebend entschied – »...Gesäß.«

Da es sich um meines handelte, war ich ihm für den Euphemismus dankbar. Aber als ob er den drolligen Einfall bereute, begann er mit Nachdruck von neuem: »Alles in allem gefällt mir diese Hypothese. Medardo bleibt allein zurück, sieht, wie am Meereshorizont das Boot mit den Gästen zu einem kleinen, sich bewegenden Punkt wird, schickt unter einem Vorwand (man wird das nachprüfen können) das Hauspersonal weg, geht zum Belvedere hinauf, erreicht den Lagerraum, sucht sich den Fetzenkomparsen heraus, den er als Double für seine Übung als Selbstmordlehrling ausgewählt hat; setzt ihn auf den Thron, kehrt zum Belvedere zurück, hebt die Büste des Aischylos etwas an und verrückt sie ein wenig, legt an ihre Stelle einen gleich schweren Felsblock, schiebt darunter eine Eisplatte, die er, eingewickelt in zwei Lagen Stroh, in einer Schachtel mitgebracht hat...«

»Eine Platte«, wandte der Richter ein. »Aber wo hätte er die hergehabt?«

»Wenn es darum geht«, schaltete sich Cipriana ein, die der Entwicklung der Gedankengänge mit offensichtlicher Befriedigung gefolgt war, »die Anlage ist immer in Betrieb: Haile schaltet sie am Morgen ein, und sie läuft von alleine weiter. Die Türen sind offen, jeder kann hineingehen und herausholen, was er will. Ein paar Schritte von der Rotunde entfernt...«

»Ein Kinderspiel also«, ergriff wieder Currò das Wort. »Das Ganze dauert, hin und zurück, nicht mehr als eine halbe Stunde. Danach behält Medardo aus gebührender Entfernung die Szene im Auge und wartet darauf, daß die Sonne ihr Werk vollbringt und das Geschoß wie geplant sein Ziel vernichtend trifft. Zufrieden mit dem Versuch, macht er wieder sauber, bringt Büste und Puppe an ihren jeweiligen Platz zurück, sammelt die Werkzeuge und Überreste des Unternehmens ein und versteckt sie, bis zu ihrer geplanten Wiederverwendung, im Kofferraum Ghigos. Voilà, alles läuft wie geschmiert... Aber die Tarnung war nicht vollkommen; der Verleger unterzog sich nicht der Mühe, auch den Stein, dessen Vorhandensein ihm nicht von Bedeutung schien, verschwinden zu lassen; schon gar nicht schenkte er jenen klebrigen Halmen überall Beachtung, sah er doch nicht voraus, daß sich Fräulein Esther dorthin setzen würde, wohin sie sich nicht setzen sollte, in einem derart magnetischen Kleid, einem wahren Staubsauger... Vor allem aber sah er nicht voraus, daß sie so viel Schläue und Grips besitzen würde...«

Ich errötete vor Vergnügen, aber auch vor Kummer, daß er sich ein wenig meine Rolle anmaßte. Um so zufriedener war ich mit der folgenden Frage, mit der er mir wieder den Ball zuspielte: »Prosit also auf *Coda di paglia*. Aber was bedeutet denn dieses absonderliche Motto: *Call and talk*?«

»Ich bin überzeugt davon«, sagte ich und ließ meine Wörter auf der Zunge zergehen, »daß jedes menschliche Fehlverhalten eine Erklärung hat, in deren Licht eine Gesetzlichkeit zutage tritt. Ich will damit sagen, daß gewisse Fehlleistungen im Vorgehen Medardos, möge deren Ursache der nervliche Kräfteverfall, an dem er litt, oder die Verstörung über die Ankündigung der tödlichen Krankheit gewesen sein, trotz ihrer augenscheinlichen Ungeordnetheit einer – wenn auch verdrehten – Logik folgten, deren Diagramm man hätte zeichnen können, wie das von einer Zigarettenrauchspirale oder einer Tachykardie... Zum Beispiel erschien mir sein Beharren auf jener in einem Augenblick allgemeiner Spannung unpassenden Wette sofort weniger eine simple Unbedachtheit als vielmehr das Ergebnis einer Absicht. Einer Absicht, die, wie ich zur Überzeugung kam, darin bestand, das Treiben seiner Feinde schriftlich zu fixieren. Er hatte sich nur deshalb zur kritischen Zeit mit diesen im Belvedere verabredet, damit eine Spur davon in meinen Aufzeichnungen aufscheinen möge. Denn in Wahrheit hätte Medardo, so fest er auch entschlossen war zu sterben, nie eine derart brutale, selbstbestrafende Todesart gewählt ohne die zur Gewißheit gemachte Hoffnung, daß jemand – und sei er auch unschuldig – für sein Ende büßen würde. Deswegen hatte er mir die Aufgabe übertragen, den morgendlichen Verkehr der Gemeinschaft zu kontrollieren; deswegen sein ständiges ›Hallo‹ am Telefon, um mich auf Trab zu halten...«

»Gerade ich sollte es nicht sagen, und ich weiß, daß ich damit gegen meine Interessen handle«, platzte da der Rechtsanwalt Belmondo heraus, »aber ich verstehe nicht, wie Medardo, wenn er an jenem Morgen nicht zur Rotunde hinaufging, es angestellt haben sollte, die Selbstmordaktion durchzuführen...«

»Aber er ging ja hinauf!« schrie Ghigo. »Ich sagte Ihnen doch schon: Er erwartete mich neben der Büste des Griechen, schickte mich, nachdem er mich kurz beleidigt hatte, weg, aber er war dort, ich habe ihn gesehen.«

»Wäre er hinaufgegangen, hätte es Fräulein Esther notiert«, stellte der Richter Francalanza streng fest und wandte sich auf der Suche nach Zustimmung an die Runde.

»Es sei denn, daß...« sagte ich und schwieg, sie derart ein wenig auf die Folter spannend. Nach der Pause sagte ich: »Es gab eine Möglichkeit, sich ungesehen vorbeizustehlen: eben *Call and talk*. Mich anzurufen und mit mir zu sprechen, sich so, durch eine Folge von Telefonaten gedeckt, ein bombenfestes Alibi zu verschaffen.« Ich zog meine Aufzeichnungen zu Rate: »Medardo rief mich an dem Morgen mehrmals an. Aber zweimal, im Abstand von einer halben Stunde, um mir zu sagen, daß er mich nicht gut höre, und um mich zu bitten, den Apparat näher an die Basisstation zu halten. Ein Manöver, wie ich nun verstehe, um mich vom Fenster wegzulocken und so unbemerkt hinaufgehen zu können. Sicher war er, als er telefonierte, nicht mehr im Wäldchen, sondern ein paar Schritte von mir entfernt, darauf wartend, daß ich für einen Augenblick den Guckposten vernachlässigen würde. Genauso mußte er beim Hinuntergehen verfahren, nachdem er eigenhändig die Todesmaschine aufgestellt hatte. Er täuschte also dort oben seine Abwesenheit vor, genau zu der Zeit, da er die angeblich Schuldigen zu einer riskanten Anwesenheit vergatterte...«

»Das ist unwahrscheinlich genug, um wahr zu sein«, gab Lidia Orioli zu, indem sie meine witzige Bemerkung, allerdings, wie mir schien, ohne Ironie, wiederholte. Ich blieb daraufhin still und kostete die momentane Zustimmung aus. Ohne jedoch allzusehr in den Genuß davon zu kommen, da Lietta ihn jäh verdarb. Aus dem Tiefschlaf erwacht, teilte sie uns, in der allgemeinen Stille, ganz munter mit: »Ich bin schwanger.« Und wir mußten ihr Aufmerksamkeit schenken.

Es war sofort klar, daß das Mädchen, wie man, glaube ich, im Jargon sagt, »high« war. Wer weiß, woher sie die Dosis hatte; wer weiß, wie lange Zeit sie schon wieder rückfällig war. Aber das Schlimmste war, mit welch beseligter Nachsicht der Guru Giuliano die Offenbarung vernommen hatte, ohne im geringsten an ihrer Glaubwürdigkeit zu zweifeln, ja, er strahlte sogar über das ganze Gesicht mit der zufriedenen und stolzen Miene des werdenden Vaters...

›Heirate sie nur‹, schimpfte ich innerlich, verärgert über die Unterbrechung. ›Heirate ihren vollen Bauch, ihre verseuchten Venen. Aber du, Kleine, laß mich arbeiten!‹

Sie ließ mich arbeiten; sie reichte dem Priester die Stirn zu einem vorehelichen Kuß, dann schlief sie, den Kopf zwischen seinen Knien vergraben, augenblicklich wieder ein.

»Es gibt einen weiteren Beweis«, begann ich von neuem, durch den Zwischenfall ein wenig gebremst und mit geringerem Schwung. »Einen Beweis, der den Angeklagten in die Klemme bringt und sein Alibi wie Butter in der Sonne zerschmelzen läßt. Wie er mir gegenüber am Telefon behauptete, hatte er angeblich die kritische Zeit vor dem Verbrechen damit verbracht, in aller Ruhe auf seinem Thron mein *Qui pro quo* zu lesen, worüber er mir ab und zu Bescheid gab. Stimmte alles nicht. Denn mein Manuskript, so wie es blutbesudelt aus seinen Händen genommen und unter die Beweisstücke eingereiht wurde, war, wie ich heute morgen sehen konnte, als ich es freundlicherweise zurückerhielt, vom ersten bis zum vorletzten Kapitel jungfräulich unberührt, ja noch von einem fast unsichtbaren Klebeband verschlossen. Die übliche Vorsichtsmaß-

nahme angehender Schriftsteller bei Wettbewerben, mit der sie sich vergewissern wollen, ob sie von den Juroren gelesen wurden.«
»Was?« wunderte sich Currò. »Er hat es also gar nicht gelesen? Aber die Tiraden über Roussel, über die Finalzüge beim Schachspiel oder was weiß ich...«
»Geschwätz, Gebluff. Er hat die drei letzten Seiten gelesen, den Schluß und sonst nichts. Indem er geschickt alle seine Jetons darauf setzte, gab er vor, das ganze Buch gelesen zu haben.«
»Das reicht nicht aus, um ihn zum Schuldigen zu stempeln«, sagte Lidia voll Bosheit. »Bei manchen Manuskripten treibt einen die Langeweile dazu, nur die erste und die letzte Seite zu lesen.«
Ich ging nicht darauf ein. »Wollen Sie einen letzten Beweis?« begann ich wieder. »Einen, der zart wie ein Spinnenfaden ist, aber durchaus imstande, die Fliege zu fangen. Hier haben Sie ihn. Sie erinnern sich alle an den ersten Brief des Verlegers; und daß er darin für sich zwei Hypothesen über den gewaltsamen Tod aufstellte, die des heißen und die des kalten. Wie kommt es nun, daß er den ersten mit wenigen Worten abhandelt, den im Bad, der doch für den angehenden Mörder viel einfacher auszuführen gewesen wäre? Wie kommt es, daß er sich ganz auf den zweiten konzentriert, den theatralischeren und aufwendigeren, so als wüßte er kraft seiner Prophetengabe im voraus, daß er diesen und nur diesen sterben würde? Bemerken Sie nicht das Mißverhältnis? Und muß man nicht daraus schließen, daß er selber nicht nur die Untat projektiert, sondern ›in pectore‹ auch ausgeführt hat?

Nicht nur das; wird nicht vielmehr in seiner anklägerischen Schreibwut auch eine verräterische Redseligkeit deutlich? Wie die von jemandem, der sich gierig nicht nur mit einem Opfer begnügt, sondern aus Unersättlichkeit viele ins Unheil stürzen möchte...«
»Aber«, schüttelte Lidia Orioli den Kopf und klingelte dabei mit ihren türkisen Ohrgehängen, »ich finde es auch bedeutsam, daß er immer nur einen aufs Korn genommen hat, womit er die naheliegenden Paarungen vermied: Cipriana und Ghigo, Cipriana und Apollonio... Eine ganz sonderbare Unterlassung, scheint mir. Als hätte er einerseits die Ehefrau erschrecken, andererseits sie schützen wollen...«
Ich stimmte ihr ausnahmsweise einmal zu. Schau, wie scharfsichtig die Eifersucht macht! Aber Daphne Duval hatte noch Zweifel: »Auf zum dritten Punkt, Fräulein Kommissarin, wir werden das am Schluß klären. Was ist denn dieses lateinisch klingende *Naturalis historia*?«
Das war Wasser auf meine Mühlen: »Ein Werk von Plinius dem Älteren, ein ganz berühmtes. Dort, zehntes Buch, drittes Kapitel, wird vom sagenhaften Tod des Aischylos erzählt (ich habe zur Sicherheit mit einem Altphilologen telefoniert). Aischylos wurde vom Panzer einer Schildkröte zermalmt, die ein Adler aus dem Himmel über Gela fallen ließ, vor fünfundzwanzig Jahrhunderten. Darin scheint mir ein, wenn Sie wollen, blödes, aber höhnisches Wortspiel zu stecken: Weil ein Adler Aischylos tötete, tötete Aischylos den Adler, also Aquila, und so schließt sich der Kreis.«
Lidia Orioli wand sich sichtlich vor Neid: »Ich

glaube nicht daran, ich glaube nicht daran! So etwas würde ich nicht einmal in einem Roman durchgehen lassen.«

»Aber wir befinden uns in einem Roman«, erwiderte ich heiter und fügte, ohne ihr Zeit zum Staunen zu lassen, hinzu: »Ich habe noch anderes auf Lager, hören Sie mir zu. Haben Sie nicht bemerkt, daß unter den Büsten der sieben Weisen Griechenlands seltsamerweise nur eine fehlt, Thales, und daß an seiner Stelle ein Dichter steht? Und wenn ich Ihnen nun sage, daß ich oben im Lagerraum, unter dem Gerümpel, einen Thales aus Marmor gefunden habe? Es hat also eine Auswechslung stattgefunden, die des Denkers durch den Tragiker. Nicht ohne Absicht, bedenkt man, daß der Ausgeschiedene im Wasser den Ursprung und das Ende des Lebens sah; ist doch in unserem Fall ein zu Wasser verwandeltes Eisstück der Keim des Todes gewesen... Aber hier verrät mich vielleicht meine Vorliebe für das Unwesentliche, vielleicht handelt es sich nur um ein witziges Zusammentreffen...«

»Eher um einen traurigen Volltreffer«, kalauerte Lidia Orioli, schien aber verblüfft und überzeugt.

»All das riecht nach Postmoderne«, brummte der Bildhauer, was immer er damit sagen wollte. Francalanza aber stammelte perplex: »Mein Zweifel ist weniger tiefgründig: warum Aquila, wenn ihm so viel daran lag, ungesehen zur Rotunde hinaufzugehen und dort ohne Wissen der anderen Vorbereitungen für die Tat zu treffen, es nicht vermieden hat, von Ghigo, wenn auch nur für eine Minute, gesehen zu werden...«

Auch daran hatte ich gedacht. »Eine Panne«, antwortete ich. »Aus Ungeduld kam Ghigo zu früh. Außerdem läuft nur in den Büchern alles wie am Schnürchen. Die Wirklichkeit, die kann sich den Luxus erlauben, inkonsequent zu sein...«
Lidia Orioli fuhr auf: »Aber wir befinden uns in einem Buch! Du hast es doch gesagt! Wir haben Pflichten gegenüber den Lesern...«
»Ich?« leugnete ich frech. »Und wenn auch. Pech für sie!«
Jetzt blieb nur mehr der Knalleffekt am Ende: »Um zum Schluß zu kommen«, schrie ich fast, »bemerken Sie nicht die Überzeugungskraft all dieser Indizien? Medardo wußte, daß er zum Tode verurteilt war, und er wollte, statt einer mühseligen Agonie, einen spektakulären Tod: Daher beschloß er, sich nicht einfach umzubringen, sondern ›gegen‹ jemanden zu sterben; Ghigo, Belmondo, ich weiß nicht, wen noch, vor allem aber gegen den inneren Feind, der sich in seinem Kopf eingenistet hatte, jenen vermaledeiten Tumor, der mit seinen Metastasen zwar nicht seinen Geist, wohl aber die Würde seines Denkens zerstörte. Diesen beabsichtigte er zu treffen, indem er ihn unter einem Stein zerschmetterte...«
»Ein Fall majestätischen Wahns«, bemerkte Hochwürden Giuliano und zitierte voll Hingabe: »Da nahm Saul selbst das Schwert und stürzte sich hinein...«
»Grüblerischen, geschwätzigen Wahns«, berichtigte ich. »Denn ich bin sicher, daß er sich nicht nur beeilte, die Person oder die Personen, die er am meisten haßte, ins Schlamassel zu bringen, sondern auch ein

ironisches Leben durch einen ironischen Tod zu beenden. Derart stellt er uns vor die Aufgabe, anstelle des perfekten Verbrechens den perfekten Selbstmord aufzuklären, von dem keine Spur bleiben sollte außer ein wenig flüchtiger Nässe, die als nächtlicher Tau oder als Vogelpipi mißdeutet werden konnte... unter dem Gewicht eines Aischylos, der ebenso kahl war wie er... So fordert er uns heraus, den Rebus zu lösen, in der Gewißheit, daß es uns nicht gelingen würde, voll Stolz, uns ein letztes Mal verhöhnt zu haben... Ohne bei so viel Heimtücke die feinfühligsten Aufmerksamkeiten zu vergessen, wie jene, mich einen Augenblick vor dem Sturz unter einem Vorwand fortzuschicken, damit ich durch den Aufprall nicht Schaden nähme... Ist das nicht er, wie er leibte und lebte?...«

»Plumps!« sagte Lietta, die seit ein paar Minuten wach war und, sich den Bauch streichelnd, zuhörte.

»Die Leiche ist in der Falle«, sagte Amos abschließend. Alle applaudierten.

Ich fragte mich nicht, wie sehr mein Erfolg durch die Erleichterung bedingt war, die die Feststellung der Schuld des Toten bei allen Anwesenden hervorgerufen hatte, waren sie dadurch doch vom Verdacht und von den Wirren einer undurchsichtigen Affäre befreit; ich weidete mich an dem Schauspiel, das sich mir bot. Currò war aufgestanden, Francalanza ebenfalls. Einen Moment lang fürchtete ich, sie würden beide gleichzeitig das Wort ergreifen, aber nach einem Augenblick der Unsicherheit bückte sich der Kommissar und setzte sich wieder. Darauf hielt der

Richter eine Rede, die wundersamerweise frei von Stockungen und Auslassungspünktchen war: »Dank Fräulein Esther und ihrer ›Expertise‹ kann der Fall als gelöst betrachtet werden. Sie alle, wir alle – auch ich miteingeschlossen – sind unschuldig. Der Mord war ganz einfach ein Selbstmord, und so verstiegen und abwegig seine Konzeption auch gewesen sein mag, so sehr er auch als trister Scherz und als eine abstruse Kartenpartie erscheinen mag – seinem Erfinder, dem Vollstrecker und Opfer, schulden wir jetzt nur eines: Schweigen. Und auch ein wenig Mitleid.«

XI
Meereslandschaft mit Figuren

Zu den »Malcontente« kehrte ich ein paar Monate später zurück, in Begleitung Curròs.
Wir waren einander zufällig begegnet, an einem verregneten Samstag, in der Via Gesù, Giuseppe e Maria, bei der Vernissage der »Leichentücher«, vor demselben bekleckerten Leintuch: ich, gerade dabei, dessen Titel in dem farbigen Faltprospekt zu entziffern; er, die Nase wie ein Igel gerümpft, halblaut brummend: »Hier tut dringend eine Waschfrau not!«
Gleich war Amos gelaufen gekommen – er, der so gleichgültig gegenüber dem Ruhm schien, war nicht wiederzuerkennen – und hatte uns, mit einem Gesichtsausdruck serviler Glückseligkeit auf uns einredend, zu einem Buffet mit Salzgebäck und Cinzano geschleppt. Umarmungen und Küsse Daphnes, Diskussionen darüber, ob das Laken *Adeles Menstruation* oder der Madapolam *Letzte Ölung* mit garantiert echten Todesschweißtropfen wirkungsvoller wäre... Als dann Cipriana auftauchte, noch im Trauergewand, am Arm ihres ehemaligen Gorillas; als wir Ihre Gottheit Matilde Garro, flankiert von einer anbetenden Menge, einherschreiten sahen; und hinter ihr Lietta, beschattet von Nisticò und schon mit ansehnlichem Bäuchlein im lachsfarbenen ›legging‹...; als wir die Stimme Ghigos mitten aus einer Menschenansammlung heraus wieder eine kolossale

Dummheit verkünden hörten... Da schien es uns wirklich nicht angebracht, uns dieser Wiedervereinigung bis zum letzten anzuschließen, und zu zweit unter einem Schirm ergriffen wir die Flucht.
Unten beim Aufzug verabschiedete sich Currò, so als wäre nichts gewesen, ohne weitere Erklärung seines langen Schweigens und lud mich ein, den Sonntag gemeinsam mit ihm zu verbringen. Ich sagte ihm zu und schlug als Ziel den Strand unserer einzigen näheren Begegnung vor. Nicht nur, um mir ein paar bei dem überstürzten Aufbruch vergessene Sachen zu holen, sondern auch, weil ich dachte, daß ich in einem anderen Rahmen schlecht abschneiden würde; derart wird jede Geste, jedes Wort von einer enttäuschten, melancholischen Eitelkeit in mir genährt.
In der Zwischenzeit war allerlei Neues geschehen. Aus den Zeitungen hatte ich erfahren, daß Currò verheiratet war und Kinder hatte. Nicht daß das wichtig gewesen wäre... Doch ich weinte deswegen die ganze Nacht. Ich habe, pflegte meine Mutter zu sagen, ein Gesicht, das zum Weinen wie gemacht ist. Damit war für mich innerlich der Akt abgeschlossen, den er, übrigens noch vor mir, dadurch, daß er mir weder schrieb noch mich anrief, ohne Abschied als abgeschlossen betrachten wollte. Außerdem hatte ich, obwohl ich meine Stelle nicht aufgegeben hatte, eine erfolgreiche Karriere als Vortragende begonnen, mit immer verwegeneren Vortragstiteln: *Der Fall Aquila und die Katastrophentheorie*; *Verwendung der ›lectio difficilior‹ bei der Entschlüsselung der Träume*; *Geschichte des Rätsels von Ödipus bis zu Prinz Olaf*... Daß ich dabei gelandet war, war völlig

unerwartet, wurde aber durch den Triumph meiner Beweisführung bei der Kriminalepisode vor kurzem weitgehend gerechtfertigt. Die übertrieben ausführliche Berichterstattung der Gerichtssaalreporter tat ein übriges. Schließlich hatte ich das ›work in progress‹-Manuskript meines Romans gründlich überarbeitet, wobei ich (leider Gottes!) den Helden, Buchhalter Sudano, beseitigte und selbst an seine Stelle trat (*qui pro quo* noch einmal). In Einklang gebracht mit opportunerweise leicht abgeänderten Fällen, die mir untergekommen waren, und durchsetzt mit szenischen und verbalen Knalleffekten, hatte das Werk, ungeachtet der säuerlichen Vorrede von Lidia Orioli, sofort nach seiner Veröffentlichung Anklang gefunden. Gleich waren die befreundeten Kritiker bereit, mich wegen meines heroischen Glaubens an eine altertümliche Sprache zu loben; und sich über die ›mise en abîme‹ auszulassen und darüber, wie ich am Beispiel des Gemäldes ›Las Meninas‹ von Velazquez mein Spiel zwischen Kunst, Künstlichkeit und Wirklichkeit triebe... Einer zitierte sogar, Gott weiß, warum, Karl Popper; ein anderer brachte die »Fraktalen« aufs Tapet, und ich mußte auf die Toilette rennen, um allein und in Ruhe zu lachen...

Eine einzige Störung, eine Art Dorn im Auge, gab es bei all diesen Erfreulichkeiten. Als ich nach dem tragischen Urlaub zur Arbeit ins Büro zurückkehrte, hatte ich instinktiv, obwohl ich keine Nachrichten vom Telefonauftragsdienst erwartete, den automatischen Anrufbeantworter in Betrieb gesetzt. Ich war überzeugt, nach dem Bip-Ton nichts anderes als ein friedlich rauschendes Schweigen zu hören. Statt dessen... Statt dessen nahm, eingeleitet durch ein Räuspern wie als Vorbereitung für eine Kavatine auf der Bühne, ein Gelächter seinen Anfang, dessen Klang mir vertraut war, wurde zu einem stoßweisen Gurgeln, ergoß sich dann unaufhaltsam und in Wogen gleich dem Po, wenn er die Felder überflutet. Als es verstummte, wartete ich ein wenig, darauf vertrauend, daß eine menschliche Stimme folgen, Erklärungen geben müsse. Nichts geschah, außer daß in mir die Gewißheit aufkam: daß der Verleger, bevor er starb, von den Villen aus meine Nummer in der Stadt angerufen und seinen Spaß daran gehabt hatte, das Hohngelächter aufzuzeichnen, das er über mich vielleicht an die ganze Welt, ans Universum, an uns alle, die mutmaßlichen Zeugen seines bevorstehenden Todes, richtete... Ein Hohnlachen, von dem man nicht sagen konnte, ob es ein gesundes Abreagieren war oder eine kritische Glosse zu all unserem künftigen Gegrübel rund um das Geheimnis seines Todes oder auch ein verstelltes und heiseres Abschiedsschluchzen.

Weshalb er mich wohl als einzige Adressatin seiner Botschaft ausersehen hatte... Genug, ich wollte mir keine weiteren Gedanken darüber machen und nahm wieder den täglichen Trott im Verlag auf, mit um so größerem Eifer, als der neue Besitzer nach dem Tod Medardos und der Pleite Ghigos darum bemüht schien, seine Sache gut zu machen.

Nachts regnete es wieder. In düstere Gedanken versunken, zählte ich lang die Regenfäden auf den Scheiben, Gitterstäbe eines finsteren Kerkers, den ich als meinen wiedererkannte. Ein durchnäßter Ausverkaufs-Reklamestreifen, der zwischen zwei Straßenecken knallend wie ein Leintuch im Wind knatterte, brachte meine Gedanken wieder auf die Ausstellung von Amos, auf die vielen Leute dort, auf Medardo, der als einziger gefehlt hatte, den nun ein anderes Laken umhüllte. Er ging mir nicht aus dem Sinn, mir, die ich die Erinnerungen verdaue wie eine Hyäne die Kadaver. Kein Wunder, daß er durch meine Träume geisterte, als ich endlich einschlief, und daß ich schlechtgelaunt und der Welt feindlich gesinnt erwachte.

Ich lief alle Treppen zu Fuß hinunter: Bewegung hilft. Das Rendezvous war beim Haustor, um neun; Currò war schon dort, mit einem Strauß Strelitzien in der Hand. Er umarmte mich, ich umarmte ihn, aber die Wärme fehlte sichtlich, wie die Sonne am Himmel fehlte. Sobald ich neben ihm im Wageninneren saß, konnte ich nicht dem Drang widerstehen, ihn bitter zu fragen: »Und deine Frau? Und die Kinder? Warum hast du sie nicht mitgebracht? Alle zusammen wären wir eine richtig nette Familie.«

Er antwortete nicht, und ich fühlte mich schlecht; im Grunde wollte ich ihn nicht verletzen, sondern ihm nur seine Befangenheit nehmen, ihn wissen lassen, daß ich alles wußte, ihm die Rechtfertigung ersparen, die er sich wahrscheinlich auf dem Weg immer wieder durch den Kopf hatte gehen lassen.

Als ich ihm das erklärte, beruhigte er sich sogar allzu schnell. Derart, daß er schon nach wenigen Kilometern Fahrt (was für Schurken doch die Männer sind!) die Andeutung eines sangbaren Motivs zwischen sei-

nen Zähnen hin und her schob. Ich stimmte bereitwillig ein, galt es doch, unter allen Umständen eine fröhliche Landpartie vorzutäuschen.
So ging es eine gute Stunde, bis am Horizont, hinter einer Falte im Gelände, ein pechschwarzer Strich auftauchte: das Meer. Es war nur mehr die neue Holzbrücke über die Klamm des Lupo zu überqueren, die gerade Strecke mit den herbstlich gelben Bäumen zurückzulegen, nach rechts abzubiegen zwischen den Treibhäusern, dann nach links... Und schließlich erschienen im bleichen Schein des lichtlosen Sonntags, genauso wie ihn der Wetterberichterstatter im Fernsehen vorhergesagt hatte, die »Malcontente« – und wie mißmutig – im wahrsten Sinne des Wortes – sie aussahen! Nicht zu unterscheiden von einer Herde schmutzigweißer Schafe; längs eines wie die Uniform eines toten Soldaten khakifarbenen Strandes. Vor einem Meer, das unfähig schien, sich zu regen, schmierig, klumpig, im Banne einer unnatürlichen Flaute, in sich selbst schwingend wie um einen unsichtbaren Bleizapfen. Das Himmelsgewölbe, ein riesiger Deckel, den nach Art eines Taschentuchs Knoten an den vier Enden straff ausgespannt hielten, bot den Augen keinerlei Erleichterung, sondern vermittelte eher den Eindruck – ich weiß nicht, wie ich es anders nennen soll –, es könnte jählings durch ein Zerwürfnis oder einen Irrtum von Wolken aufreißen und, für einen Augenblick, einen einzigen, das unanschaubare Antlitz Gottes enthüllen...
Und dennoch ließ die Erde nicht davon ab, den beiden gegenüberliegenden Spiegeln des Meeres und des Himmels, deren symmetrischer Blindheit ihre sanfte

Unordnung entgegenzusetzen, die Fülle ihrer hinfälligen, barmherzigen Erscheinungen: die einzelnen Strände dort unten, umspült von den winterlichen Wogen; den schwarzen Ringelreihen der Möwen um den Schatten des alten Leuchtturms; den einsamen Fischer, dessen Gesicht in der Kapuze der Wachstuchjacke verschwand...
Welches Verlangen zu sterben dich in diesem Augenblick in der Magengrube erfaßte, arme, alte, liebe Agatha Sotheby!...

»Du mußt mich verstehen«, sagte Currò und strich mir mit zwei Fingern über die Wange: »Mein Leben ist, so wie es ist, glücklich. Wenn ich Stellung, Stand, Gewohnheiten änderte, wäre das mein Tod. Es ist wahr, ich habe mich nicht sehr um dich bemüht, aber wie hätte ich das können? An dem Abend am Strand, da war nichts überlegt, geplant, das ist wie ein Rausch, und was bleibt, ist ein bitterer Geschmack auf den Lippen.«
»Fall abgeschlossen«, stimmte ich heiter zu. »Du schuldest mir keine Erklärungen. Überdies war es für mich auch eine Erfahrung, die ich machen mußte, und dafür schulde ich dir gebührenden Dank. Es wäre mich hart angekommen, zu altern und nicht zu wissen, was ich versäumte. Was mir, ehrlich gesagt, nicht gerade als etwas Großartiges erschien...«, schloß ich mit einer bösartigen Spitze.
Wir spazierten den Strand entlang; eine dunkle Woge schwappte gegen meine Fesseln, ich sprang zur Seite, fiel beinah hin. Er stützte mich, nahm mich beim Arm; und so gingen wir ein Stück weiter, mit dem

Schritt zweier Verlobter, vereint in der seltsamen Komplizenschaft, einander gleichgültig zu sein, keine noch zu begleichenden Schulden oder Forderungen zu haben, weder der eine noch der andere. Also war es nur natürlich, daß wir wieder auf den Bereich unserer gewissermaßen professionellen Interessen zurückkamen.
»Mich beunruhigt«, sagte Currò, »die alte, dir bekannte Affäre.«
Ich erstarrte in erwartungsvoller Stille.
»Mir erscheint alles so unwirklich. Ich bin daraus mit vollem Kopf und leeren Händen hervorgegangen. Schon am Tag danach, beim Aufwachen, fühlte ich mich gefoppt. Ich hatte den Eindruck, daß alles, abgesehen vom Blut, die Inszenierung einer Inszenierung gewesen war.«
»Denk daran«, antwortete ich, »daß häufig der, der zu lügen meint, die Wahrheit trifft. Nicht alle Druckfehler müssen korrigiert werden. So wie viele Mühlen, behauptete Medardo, die falsche Riesen zu sein scheinen, bei genauerem Hinsehen in Wahrheit Riesen sind...«
»Ich verstehe schon. Ich weiß auch, daß es in der Natur Medardos lag, immer einen Geruch von Kabale und Schwefel hinter sich zu lassen. Und doch...«
»Medardo ist tot«, wandte ich ein. »Ich glaube nicht, daß es plausiblere mildernde Umstände gibt als diesen. Ich würde von keinem Mord oder Selbstmord verlangen, daß er sich den Statistiken der Polizeischulen oder den Traktaten der Gerichtsmediziner anpaßt...«
»Blödsinn«, sagte er mit jäher Grobheit. »In den

Traktaten kommen sie alle vor, die gewöhnlichen und die außergewöhnlichen Fälle. Sogar eher diese als jene. Nur daß sich im vorliegenden Fall das von der Norm Abweichende die Klamotten des Evidenten angezogen hat und umgekehrt. Um zum Ende zu kommen: Mir sind hinsichtlich deiner Schlußfolgerungen immer gewisse Bedenken geblieben. Ob sie nun Wahrheit, Irrtum oder Wahn waren. So als hättest du eine geträumte Zahl im Lotto gesetzt, in der Hoffnung auf das große Los...«
»Auch ich«, bekannte ich plötzlich, »war nie so ganz überzeugt. Besonders nach seinem Gelächter...«
Er wurde neugierig. Ich erzählte ihm von der auf dem Tonband aufgezeichneten Botschaft. »Wer weiß, worüber er lachte und über wen; wer weiß, ob er nicht über mich lachte...«
»Vorausgesetzt, daß es sein Gelächter war«, entgegnete Currò. »Ein Gelächter hat keinen Vater, man unterscheidet nur schwer eines von anderen. Es ist ganz sicher kein Fingerabdruck. Allenfalls könnte es auch nur ein Beweis seniler Schalkhaftigkeit sein. So etwas passiert vor dem Sterben, bei mir zu Hause nennt man das ›die Heiterkeit des Todes‹.«
Er betrachtete die Sonne, die aus dem Dunst getreten war und oval, fahl, wie eine Art Ei ›à la coque‹ aussah. Er zeigte mit dem Finger auf sie: »Ist sie die in Wahrheit Schuldige gewesen?« fragte er. »Die Wetterberichte, die ich eingesehen habe, gaben am Tag von ›Ferragosto‹ Wolken über dem Mittelmeer an... Und wenn die Sonne nicht herniederbrennt, kann ein Eisblock viel länger als vorhergesehen Wi-

derstand leisten... Aber war es ein Block, ein Splitter, eine kleine Wanne aus dem Tiefkühlfach?«
»Du willst sagen...«
»Ich will sagen, daß in dieser Angelegenheit nichts sicher ist. Tausend sonderbare Hypothesen geistern durch meinen Kopf. Ich schließe zum Beispiel nicht aus, daß jemand, da die Unterstützung der Sonne ausblieb, sich lieber auf sich selber verließ als auf den Sturz der trägen Körper...«
»Indem er Aischylos mit Brachialgewalt hinabstürzte, meinst du? Aber wer, wie, warum?«
»Hm.« Currò schien keine Lust zu haben, seine Erörterung fortzusetzen, und ich kannte mich überhaupt nicht mehr aus. Ich hatte sogar Angst bekommen. Angst wegen der Aussicht – ich bekenne es offen –, daß alles wieder von vorne anfangen könnte: Mutmaßungen über Schuld, Mutmaßungen über Unschuld... und daß ich, durch eine andere und endgültige Wahrheit bloßgestellt, gedemütigt, darunter leiden würde. Gerade jetzt, da die Exemplare von *Qui pro quo* weggingen wie die warmen Semmeln...
›Letzten Endes‹, dachte ich geschwind, ›schmachtet niemand durch meine Schuld im Kerker, gibt es keine Opfer, die vor einer ungerechten Strafe zu bewahren sind. Allerhöchstens, aber das glaube ich nicht, könnte es einen Schuldigen in Freiheit geben. Doch wo sind die Beweise? Und wer sollte dieser Schuldige sein? Und wenn auch, lohnte es die Mühe, ihn zu entlarven? Wäre nicht das etwaige Verbrechen gewissermaßen ein Akt von Sterbehilfe?‹
Ich dachte wieder an die Krankheit Medardos und an

seine besessenen Briefe. Davon waren wir ausgegangen, von den beiden Briefen des Toten und von ihrem zweifachen Betrug, von jenem Gaukelspiel.
Was für eine Verwirrung daraus entstanden war. Currò hatte recht. Die einzige unwiderlegbare Tatsache war das Blut des Toten; und der Tote selber, zwischen vier Wachskerzen, den Kopf in einen Turban aus Verbänden gehüllt, wie die Mumie eines ägyptischen Schreibers. Das Leben ist ein Märchen, hat er oft gesagt. Ein Märchen, ja, aber jemand hatte aufgehört, es ihm zu erzählen... Kein Lärm, dachte ich, würde ihn mehr aufwecken, auch nicht die Gischt der Flut an der Felsküste dort unten, die wie ein Wald aus Milliarden von Blättern rauschte; auch nicht das Schmettern einer Milliarde von Trompeten um sechs am Morgen, am Tag des Jüngsten Gerichts...
»Bald werde ich fünfzig Jahre sein«, sagte Currò. »Ein Alter, über das hinaus zu leben unklug ist, zu zahlreich sind die Todesgefahren.«
Ich lächelte nur leicht, so viel Traurigkeit war in seiner brüchigen Stimme.
»Auch Medardo muß so gedacht haben«, sagte ich und kramte in meinem Kopf herum, auf der Suche nach einem Zitat, das verworren in mir gärte und vielleicht gerade paßte, von dem aber kaum ein paar Brocken auftauchten, vielleicht das Ende eines Verses, etwas wie ›Gefahr fliehen‹ oder ›den Tod suchen, um Gefahr zu fliehen‹... Tasso? Petrarca? Wer weiß, und wahrscheinlich war der Vers ohnehin nur eine Erfindung von mir.
»Ein als Mord getarnter Selbstmord«, sagte Currò. »Zu diesem Schluß kamen wir. Und wenn es das Ge-

genteil war? Wenn die Mühle ein Riese war? Wenn sich ein Mord als vorgeblicher Mord tarnte, um an einen Selbstmord glauben zu lassen?«

Der Leuchtturm von Punta di Mezzo, der im Sommer außer Betrieb gewesen war, blinkte in regelmäßigen Abständen im steigenden Nebel auf. Er schien zu jeder unserer Hypothesen ja, nein zu sagen, uns das Ungewisse der Gewißheiten zu lehren.

Unmerklich lenkte ich seine Schritte hinter mir hin zu dem Ort unserer nächtlichen Liebe. Ich fand ihn nicht. Wind und Wetter hatten ihn offenbar bis zur Unkenntlichkeit verändert. Keine menschlichen Spuren mehr im Sand, der Schuhabsatz versank darin mit leichtem Ekel, bei jedem Schritt förderte er Fetzen alter Gazetten, schmutzige Plastikgegenstände, stocksteife Skarabäen mit weißem Bauch zutage.

»Ich weiß nicht mehr, was ich suche, was ich will«, sagte Currò. »Wie gewisse majestätische Flüsse versande ich angesichts des offenen Meers. Und nicht nur der ›petit guignol‹ des Todes Medardos, sondern meine ganze Vergangenheit verheddert sich und schlüpft mir durch die Finger wie das Haar einer Straßenfurie... Stell dir ein Seil zwischen zwei Wolken vor, auf dem ein Akrobat geht: So durchschreite ich die Arkaden der Jahre, die mit jedem Schritt hinter mir zusammensacken... Esterina, was ist mit mir?«

Ist es möglich, daß er zu weinen beginnt, der Kommissar Currò? Ich nahm ihn beim Arm; ich wußte nicht, was ich sagen sollte. Dann er: »Ich habe dir gesagt, daß mein Leben glücklich sei. Das stimmt nicht. Ich spüre, wie es schwer auf mir lastet, morgens und abends. Ich spüre, wie mich zum x-tenmal das Gefühl des Ruins, des Auskotzens von allem, von all dem Unnötigen erfaßt... Es gab eine Zeit, da wollte ich Gerechtigkeit, früher, stell dir vor. Ich hegte staatsbürgerliche Leidenschaften, schwertgerade: Durlindana, Excalibur... Ich verhaftete Demonstranten, und hinter der nächsten Ecke ließ ich sie frei... Jeden Morgen riß ich weit die Fenster auf wie der, der eine Herausforderung schreit: Draußen warteten breite Straßen auf mich; und die himmlischen Schellen des Lebens, die Luft voller Hoffnung, die Fahnen...«

Eine Explosion in der Ferne zerriß ihm die Wörter auf den Lippen. Es waren wildernde Fischer, die jenseits von Punta di Mezzo ihr Glück versuchten. Er schüttelte den Kopf, schloß hastig: »Dann kapitulierte ich vor den Druckbrandwunden, hatte es satt, die Faust gegen die Dogen zu erheben, auf die Zwölf Gesetzestafeln zu spucken... Ich zog es vor, mir in dem WELTTÜMPEL meinen sauberen Kubikmillimeter abzustecken und dort an Nichtigkeit zu sterben. Die ganze Welt – was glaubst denn du? – wird an Nichtigkeit sterben. Gehüllt in ein riesiges Leintuch von Amos...«

Er brach in Lachen aus: »Ich scherze«, sagte er. »Einmal pro Jahr überkommt es mich, so zu reden, so gescheit daherzureden wie ein Staranwalt... Ich habe ja auch Rechtswissenschaften studiert... Dann lese ich Casabenes Berichte, und es geht wieder vorüber.«

Wir gingen wieder zu den Villen hinauf. Von weitem erblickte ich Haile Selassie; er stand auf der untersten Stufe der kleinen Treppe, die zum Meer hinunterführte, und war sichtlich erfreut, uns wiederzusehen. Ein langweiliges Leben, das seine, dachte ich, so allein zurückgeblieben, um den Besitz zu hüten (die andere Dienerschaft war entweder entlassen oder in die Stadt zurückgeschickt worden), immer diesen Himmel über sich, wie einen umgekippten Ascheneimer, und vor sich die ewig gleiche Parade der Wellen... in etwa also das Leben eines Leuchtturmwächters, dessen Beruf der unseligste und stolzeste der Welt ist... Zu einfältig, um sich dessen bewußt zu sein und darunter zu leiden, lief uns der liebe Haile festlich gestimmt entgegen, ohne uns ein gekläfftes Solo seines heimatlichen Gallaisch und Sidamisch zu ersparen. Wieder in sein komisches Italienisch verfallend, lud er uns dann zu sich in seine Unterkunft ein, genau die, die ich während der vergangenen Ereignisse bewohnt hatte. Das war die Gelegenheit, ihn nach meinem vergessenen Gepäck zu fragen, aber er kam mir zuvor, indem er den Wandschrank öffnete, wo noch an einem Kleiderbügel ein Morgenrock hing, und in einer Ecke auf einem Haufen Gummibadehauben lagen ein Tamburin, ein Waschlappen, eine einzelne Sandale...

Das Bild, das sich uns bot, war nicht dazu angetan, mir in den männlichen Augen des Kommissars zu schmeicheln, und ich hätte sofort kehrtgemacht, hätte ich nicht in dem Durcheinander die große Tragriementasche bemerkt, die ich verloren geglaubt hatte und bei deren Anblick jäh eine verschüttete Erinnerung in mir aufblitzte: an Medardo oben auf dem Hügel, wie er mir ein Päckchen übergibt und mir aufträgt, es aufzubewahren. Mein Gott, welcher Schwamm hatte es aus meinem Gedächtnis gelöscht, wie hatte ich nicht mehr daran denken können? Ich griff hastig nach dem Gegenstand, staubte ihn schnell ab, öffnete ihn. Da war es, ganz unten, das gelbe, mit zwei Gummibändern kreuzweise verschlossene Kuvert... »Gesellschafterpapiere«, hatte Aquila gesagt, schön! Wir, Currò und ich, tauschten einen verstohlenen Blick aus. Ich machte den Verschluß auf, schaute hinein oder eher: Wir schauten hinein. Das Kuvert enthielt ein kleineres Kuvert, das auf die gewohnte Weise versiegelt und mit einer Anschrift versehen war; wie erwartet, lautete diese: »Esther Scamporrino, zu eigenen Händen«.

Ich stopfte es wieder in die Tasche, verabschiedete mich vom Negus Negesti, und wir fuhren weg. Kein Wort zwischen uns, keine Eile. Wir fuhren auf der Autobahn weiter in so langsamem Tempo, daß uns jeder Fiat 600 beim Überholen anhupte. Schließlich hielt der Kommissar auf einem Rastplatz über dem Meer an.

»Es gab also einen dritten Brief«, sagte er nachdenklich. »Verdammter Graphomane!« stieß er zwischen den Zähnen hervor.

Wir stiegen aus dem Auto, lehnten uns, mit dem Rücken zum Meer, an das Mäuerchen. Ich nahm das Kuvert aus der Tasche, riß es auf. Schon beim Angreifen hatte ich bemerkt, daß es mehrere Blätter enthielt.

›Da sind wir wieder‹, sagte ich mir verzweifelt. ›In einer Minute zerbirst der Sphairos von neuem, alles gerät ins Wanken, in Unordnung. Und er, er wird wieder lachen, lachen...‹

Ich machte fest die Augen zu, warum, weiß ich nicht, und im selben Augenblick (wie unzeitig und spontan doch die Streiche des Gedächtnisses sind!) tauchte aus einem weit entfernten Lyzeum in meinem Kopf der Vers, um den ich mich zuvor noch vergeblich bemüht hatte, in seiner fürchterlichen Vollständigkeit auf: »Im Glauben, durch den Tod die Schmach zu fliehen...« Nicht »Gefahr« also, sondern »Schmach...« Und es war nicht Petrarca, es war nicht Tasso...

Currò entfernte sich ein paar Meter, er schien mich weder zu hören noch zu sehen, hatte nur Augen für das Wasser des Meers, ein nachtblaues Wasser, das matt gegen die Felsen unten schlug. Ein altes, müdes Wasser, so alt und müd, wie auch ich mich seit einer Stunde fühlte. »Uff«, sagte ich leise und gab die Blätter ungelesen in das Kuvert zurück, das ich lässig in der Hand hielt wie ein brennendes Zündholz. Mit einer knappen Drehung des Unterarms ließ ich es, unmerklich die fünf Finger spreizend, ins Mittelmeer fallen.

Anhang
mit Varianten-Allerlei

in dem der Autor beim Abschied aus dem Papierkorb ein paar Überbleibsel eines verworfenen Kapitels herausholt und diese dem Leser zur geistigen Übung und zum epistemologischen Spiel vorschlägt, mit angeschlossener Genehmigung des Zugangs zu den Schaltstellen zwischen Wissenschaft, Aberglauben und Unsinn...

Im Zeichen der Un-Schlüssigkeit, der einzig übriggebliebenen Muse der DICHTUNG.

Als er sich von einem weißen Fiat Tipo überholen ließ: »Und doch«, scherzte Currò, aber mir kam der Verdacht, daß er nicht scherze, »hatte ich selber ihn perfekt gefälscht: Handschrift, Stil, Denkweise... ein achtzehnkarätiger Medardo. Ich wette, du wärest darauf hereingefallen...«

Bei der Stadteinfahrt, beim Stehenbleiben vor einer Ampel: »Wenn du wenigstens in deinem Buch meinen Namen geändert hättest! Gott sei Dank liest meine Frau nur die Skandalblätter...«

Beim Haustor, mit einem Fuß zwischen den Türflügeln, um mich am Zumachen zu hindern: »Und wenn der Leibwächter in den Villen geblieben wäre in jener Nacht«, mutmaßte er. »Wenn er der Brandstifter, der Perückendieb gewesen wäre? Oder sogar der Mörder?«

Beim Hinaufgehen über die Treppe: »Die andere Agatha«, sagte Currò boshaft, »hat sich geschickter aus der Affäre gezogen. Erinnerst du dich an *Der Tod des Roger Ackroyd*, wo der Schuldige der ist, der erzählt?«

Beim Auskleiden: »Genaugenommen«, bemerkte Currò, »bist du es, die mit diesem Buch, das sich so gut verkauft, am meisten verdient hat.«

Beim Ankleiden: »Na?« verhörte mich Currò. »Ist es diesmal besser gegangen?«
»Und ob«, log ich inbrünstig.

Er war schon weggegangen, rief mich zur Gegensprechanlage: »Ich habe vergessen, es ist noch ein anderer Brief aufgetaucht. Er war im Schließfach. Der Notar sagt...«
Den Rest verstand ich nicht, ein Autobus fuhr gerade vorüber.

Anmerkungen des Übersetzers

S. 11, »wie Pascal einmal meinte«: »Die Nase der Kleopatra: Wäre sie kürzer gewesen, wäre das ganze Antlitz der Erde anders geworden« in Blaise Pascals GEDANKEN.

S. 14, »Haus am Wasserfall«: berühmtes Bauwerk des Architekten Frank Lloyd Wright aus dem Jahr 1936.

S. 17, »Villa del Casale«: römische Villa auf der Piazza Armerina, berühmt für ihre Mosaiken.

S. 22, »Acqua Tofana«: ein in vergangenen Jahrhunderten berüchtigter Gifttrank (Arsen), von der im 17. Jahrhundert lebenden Neapolitanerin Giulia Tofana zubereitet und verkauft.

S. 39, »tout au monde existe pour aboutir à un polar«: vgl. »Tout, au monde, existe pour aboutir à un livre« in Stéphane Mallarmés VARIATIONS SUR UN SUJET (»polar« – Kriminalroman).

S. 40, »Gräßliche Bescherung«: DIE GRÄSSLICHE BESCHERUNG IN DER VIA MERULANA, Roman von Carlo Emilio Gadda.

S. 42, »Metope aus Selinus«: ehemals westlichste Griechenstadt in Sizilien, berühmt für die Metopen (rechteckige, reliefverzierte Platten am Gebälk eines griechischen Tempels) im Tempel C der Akropolis.

S. 47, »Ephebe von Mozia«: griechischer Kopf, gefunden auf der Insel Mozia vor Trapani.

S. 51, »Semel abbas, semper abbas«: »Einmal Abt, immer Abt«.

S. 60, »O große Güt' der Edelfrau'n von einst!«: vgl. »Oh gran bontà de' cavallieri antiqui!« in Ariosts ORLANDO FURIOSO (canto I, XXII, 1).

S. 63, »Roussel-Effekt«: Raymond Roussel (1877-1933), französischer Schriftsteller. Er nahm sich im Grand Hôtel et des Palmes in Palermo am 14. Juli 1933 das Leben (vgl. Leonardo Sciascias ATTI RELATIVI ALLA MORTE DI RAYMOND ROUSSEL).

S. 115, »Ich zerschlage den Winterpalast...«: DIE BIBEL, Das Buch Amos, 3, 15.

S. 121, »Guarda che luna«: beliebter Schlager, gesungen von Fred Buscaglione.

S. 126, »Wie schön du bist, meine Freundin...«: Das Hohelied, 1,9.

S. 132, »Durch einen einzigen Menschen...«: Der Brief an die Römer, 5, 12.

S. 132, »repetita non iuvant«: »Wiederholung hilft nicht.«

S. 135, »tertium non datur«: »Eine dritte Möglichkeit gibt es nicht.«

S. 142, »corpus vile«: vulgo »Dummy«, Attrappe.

S. 152, »Da nahm Saul selbst das Schwert...«: vgl. Das erste Buch Samuel, 31,4; und V. Alfieris SAUL (5. Akt, 5. Szene).

S. 156, »...lectio difficilior...«: »schwierigere Lesart«.

S. 167, »Durlindana«: Orlandos Schwert in Ariosts ORLANDO FURIOSO.

S. 170, »Sphairos«: »Sphairos« (Weltkugel) des Empedokles (vgl. S. 34: »Auch Empedokles in seinem ›Sphairos‹...«)

S. 170, »Im Glauben, durch den Tod die Schmach zu fliehen...«: Dante, DIE GÖTTLICHE KOMÖDIE, Dreizehnter Gesang, 71.

Inhaltsverzeichnis

I	Meereslandschaft mit Figuren	11
II	Der Tanz des Bären	25
III	Anzeichen eines drohenden Erdbebens	42
IV	Salto mortale eines griechischen Tragikers	56
V	Manipulierte Auktion	67
VI	Ausfälle, Paraden	81
VII	Paganini gewährt die Zugabe	95
VIII	Unvergeßliches Wachbleiben eines späten Mädchens	111
IX	Das Hasardspiel	126
X	Die Leiche in der Falle	139
XI	Meereslandschaft mit Figuren	155

Anhang mit Varianten-Allerlei 171

Anmerkungen des Übersetzers 174

Bibliothek Suhrkamp

Alphabetisches Verzeichnis

Achmatowa: Gedichte 983
Adorno: Minima Moralia 236
– Noten zur Literatur I 47
– Noten zur Literatur II 71
– Über Walter Benjamin 260
Agnon: Der Verstoßene 990
Aiken: Fremder Mond 1014
Aitmatow: Der weiße Dampfer 969
– Dshamilja 315
Ajgi: Beginn der Lichtung 1103
Alain: Das Glück ist hochherzig 949
– Die Kunst sich und andere zu erkennen 1067
– Die Pflicht glücklich zu sein 470
Alain-Fournier: Der große Meaulnes 142
– Jugendbildnis 23
Alberti: Zu Lande zu Wasser 60
Allende: Eine Rache und andere Geschichten 1099
– Geschenk für eine Braut 1144
Amado: Die Abenteuer des Kapitäns Vasco Moscoso 850
Anderson: Winesburg, Ohio 44
Anderson/Stein: Briefwechsel 874
Andrejew: Die sieben Gehenkten 1038
Apollinaire: Die sitzende Frau 1115
Aragon: Libertinage 1072
Artmann: Fleiß und Industrie 691
– Gedichte über die Liebe 473
Asturias: Legenden aus Guatemala 358
Babel: Die Reiterarmee 1151
Bachmann: Der Fall Franza 794
– Malina 534
Bang: Die vier Teufel 1171
Ball: Flametti 442
– Zur Kritik der deutschen Intelligenz 690
Barnes: Antiphon 241
– Nachtgewächs 293
Barthes: Am Nullpunkt der Literatur 762
– Die Lust am Text 378
Becker, Jürgen: Beispielsweise am Wannsee 1112

Becker, Jurek: Der Boxer 1045
– Jakob der Lügner 510
Beckett: Der Ausgestoßene 1163
– Der Verwaiser 1027
– Erste Liebe 277
– Erzählungen und Texte um Nichts 82
– Gesellschaft 800
– Glückliche Tage 98
– Mehr Prügel als Flügel 1000
– Warten auf Godot 1040
Benet: Der Turmbau zu Babel 1154
– Ein Grabmal/Numa 1026
Benjamin: Berliner Chronik 251
– Berliner Kindheit 966
– Einbahnstraße 27
– Sonette 876
Bernhard: Alte Meister 1120
– Amras 489
– Beton 857
– Der Ignorant und der Wahnsinnige 317
– Der Schein trügt 818
– Der Stimmenimitator 770
– Der Theatermacher 870
– Der Untergeher 899
– Die Jagdgesellschaft 376
– Die Macht der Gewohnheit 415
– Einfach kompliziert 910
– Elisabeth II. 964
– Frost 1145
– Heldenplatz 997
– Holzfällen 927
– In der Höhe, Rettungsversuch, Unsinn 1058
– Ja 600
– Midland in Stilfs 272
– Ritter, Dene, Voss 888
– Verstörung 229
– Watten 955
– Wittgensteins Neffe 788
Bichsel: Eigentlich möchte Frau Blum den Milchmann kennenlernen 1125
Blanchot: Das Todesurteil 1043
– Warten Vergessen 139
– Thomas der Dunkle 954

Blixen: Ehrengard 917
– Moderne Ehe 886
Bloch: Erbschaft dieser Zeit 388
– Spuren. Erweiterte Ausgabe 54
– Thomas Münzer 77
Blok: Gedichte 1052
Blumenberg: Die Sorge geht über den Fluß 965
– Matthäuspassion 998
Borchers: Gedichte 509
Born: Gedichte 1042
Du Bouchet: Vakante Glut 1021
Bove: Bécon-les-Bruyères 872
– Meine Freunde 744
Brandys: Die Art zu leben 1036
Braun: Der Stoff zum Leben 1-3 1039
– Unvollendete Geschichte 648
Brecht: Die Dreigroschenoper 1155
– Dialoge aus dem Messingkauf 140
– Gedichte über die Liebe 1161
– Gedichte und Lieder 33
– Geschichten 81
– Hauspostille 4
– Me-ti, Buch der Wendungen 228
– Politische Schriften 242
– Schriften zum Theater 41
– Svendborger Gedichte 335
– Über Klassiker 287
Breton: L'Amour fou 435
– Nadja 406
Broch: Barbara 1152
– Demeter 199
– Die Erzählung der Magd Zerline 204
– Die Schuldlosen 1012
– Esch oder die Anarchie 157
– Hofmannsthal und seine Zeit 385
– Hugenau oder die Sachlichkeit 187
– Pasenow oder die Romantik 92
Bufalino: Das Pesthaus 1019
– Der Ingenieur von Babel 1107
– Die Lügen der Nacht 1130
Bunin: Mitjas Liebe 841
Butor: Die Wörter in der Malerei 1093
Cabral de Melo Neto: Erziehung durch den Stein 713
Cage: Silence 1193
Camus: Die Pest 771
Canetti: Der Überlebende 449
Capote: Die Grasharfe 62

Cardenal: Gedichte 705
Carossa: Ein Tag im Spätsommer 1947 649
– Gedichte 596
– Führung und Geleit 688
– Rumänisches Tagebuch 573
Carpentier: Barockkonzert 508
– Das Reich von dieser Welt 422
– Die Hetzjagd 1041
Carrington: Das Hörrohr 901
– Unten 737
Celan: Gedichte I 412
– Gedichte II 413
– Der Meridian 485
– Lichtzwang 1143
Ceronetti: Das Schweigen des Körpers 810
– Teegedanken 1126
Char: Lob einer Verdächtigen 1023
Cioran: Auf den Gipfeln 1008
– Das Buch der Täuschungen 1046
– Der zersplitterte Fluch 948
– Geviertelt 799
– Syllogismen der Bitterkeit 1177
– Von Tränen und von Heiligen 979
– Widersprüchliche Konturen 898
Colomb: Zeit der Engel 1016
Conrad: Herz der Finsternis 1088
Consolo: Wunde im April 977
Cortázar: Alle lieben Glenda 1150
– Unzeiten 1129
– Der Verfolger 999
Crevel: Der schwierige Tod 987
– Seid ihr verrückt? 1083
D'Annunzio: Der Kamerad 1073
D'Arzo: Des Andern Haus 1105
Dagerman: Deutscher Herbst 924
Daumal: Der Analog 802
Dauthendey: Die acht Gesichter am Biwasee 1149
– Lingam 1079
Ding Ling: Tagebuch der Sophia 670
Doderer: Die erleuchteten Fenster 1003
Döblin: Berlin Alexanderplatz 451
Dorst: Fernando Krapp hat mir diesen Brief geschrieben 1158
– Klaras Mutter 1031
Drummond de Andrade: Gedichte 765

Dürrenmatt: Monstervortrag über
  Gerechtigkeit und Recht 803
Dumézil: Der schwarze Mönch in
  Varennes 1017
Duras: Der Liebhaber 967
– Der Nachmittag des Herrn
  Andesmas 109
– Im Sommer abends um halb elf 1087
– Liebe 935
Ehrenburg: Julio Jurenito 455
Ehrenstein: Briefe an Gott 642
Eich: Gedichte 368
– Maulwürfe 312
– Träume 16
Eliade: Auf der Mantuleasa-Straße
  328
– Das Mädchen Maitreyi 429
– Fräulein Christine 665
– Nächte in Serampore 883
– Neunzehn Rosen 676
Elias: Mozart 1071
– Über die Einsamkeit der Sterbenden
  in unseren Tagen 772
Eliot: Gedichte 130
– Old Possums Katzenbuch 10
– Das wüste Land 425
Ellmann: Vier Dubliner – Wilde,
  Yeats, Joyce und Beckett 1131
Elsschot: Villa der Roses 1121
Elytis: Ausgewählte Gedichte 696
– Lieder der Liebe 745
– Neue Gedichte 843
Enzensberger: Mausoleum 602
– Der Menschenfreund 871
– Verteidigung der Wölfe 711
Farrochsad: Jene Tage 1128
Faulkner: Wilde Palmen 80
Federspiel: Die Ballade von der
  Typhoid Mary 942
– Museum des Hasses 1050
Fleißer: Abenteuer aus dem
  Englischen Garten 223
– Das Mädchen Yella 1109
Frame: Auf dem Maniototo 929
– Wenn Eulen schrein 991
Frisch: Andorra 101
– Biedermann und die Brandstifter
  1075
– Bin 8
– Biografie: Ein Spiel 225

– Biografie: Ein Spiel,
  Neue Fassung 1984 873
– Blaubart 882
– Fragebogen 1095
– Homo faber 87
– Montauk 581
– Stich-Worte 1138
– Tagebuch 1966-1971 1015
– Traum des Apothekers von Locarno
  604
– Triptychon 722
Gadamer: Das Erbe Europas 1004
– Lob der Theorie 828
– Über die Verborgenheit der
  Gesundheit 1135
– Vernunft im Zeitalter der Wissenschaft
  487
– Wer bin Ich und wer bist Du?
  352
Gadda: An einen brüderlichen Freund
  1061
– La Meccanica 1096
García Lorca: Diwan des Tamarit
  1047
– Gedichte 544
Gelléri: Budapest 237
Generation von 27: Gedichte 796
Gide: Chopin 958
– Die Rückkehr des verlorenen
  Sohnes 591
Ginzburg: Die Stimmen des Abends
  782
Giono: Der Deserteur 1092
Goytisolo: Landschaften nach
  der Schlacht 1122
Gracq: Die engen Wasser 904
Graves: Das kühle Netz 1032
Handke: Die Angst des Tormanns
  beim Elfmeter 612
– Die Stunde da wir nichts
  voneinander wußten 1173
– Die Stunde der wahren Empfindung
  773
– Die Wiederholung 1001
– Gedicht an die Dauer 930
– Wunschloses Unglück 834
Hašek: Die Partei 283
Hauptmann: Das Meerwunder 1025
Hemingway, Der alte Mann und
  das Meer 214

Herbert: Der Tulpen bitterer Duft 1180
– Ein Barbar in einem Garten 536
– Im Vaterland der Mythen 339
– Inschrift 384
Hermlin: Der Leutnant Yorck von Wartenburg 381
Hesse: Demian 95
– Eigensinn 353
– Glück 344
– Iris 369
– Josef Knechts Lebensläufe 541
– Klingsors letzter Sommer 608
– Knulp 75
– Krisis 747
– Legenden 472
– Magie des Buches 542
– Mein Glaube 300
– Morgenlandfahrt 1
– Musik 1142
– Narziß und Goldmund 65
– Siddhartha 227
– Sinclairs Notizbuch 839
– Steppenwolf 869
– Stufen 342
– Unterm Rad 981
– Wanderung 444
– /Mann: Briefwechsel 441
Hessel: Der Kramladen des Glücks 822
– Heimliches Berlin 758
Hildesheimer: Biosphärenklänge 533
– Exerzitien mit Papst Johannes 647
– Lieblose Legenden 84
– Mitteilungen an Max 1100
– Mozart 1136
– Paradies der falschen Vögel 1114
– Tynset 365
– Vergebliche Aufzeichnungen 516
Hofmannsthal: Buch der Freunde 626
– Welttheater 565
– Gedichte und kleine Dramen 174
Hohl: Bergfahrt 624
– Daß fast alles anders ist 849
– Nächtlicher Weg 292
Horváth: Glaube Liebe Hoffnung 361
– Italienische Nacht 410
– Jugend ohne Gott 947

– Kasimir und Karoline 316
– Geschichten aus dem Wiener Wald 247
Hrabal: Bambini di Praga 793
– Die Katze Autitschko 1097
– Leben ohne Smoking 1124
– Ich habe den englischen König bedient 1139
– Reise nach Sondervorschrift 1157
– Sanfte Barbaren 916
– Schneeglöckchenfeste 715
– Tanzstunden für Erwachsene und Fortgeschrittene 548
Hrabals Lesebuch 726
Huch: Der letzte Sommer 545
– Lebenslauf des heiligen Wonnebald Pück 806
Huchel: Gedichte 1018
– Die neunte Stunde 891
Ibargüengoitia: Augustblitze 1104
– Die toten Frauen 1059
Inoue: Das Tempeldach 709
– Das Jagdgewehr 137
Jabès: Es nimmt seinen Lauf 766
– Das Buch der Fragen 848
Johnson: Skizze eines Verunglückten 785
– Mutmassungen über Jakob 723
Jonas: Das Prinzip Verantwortung 1005
– Gedanken über Gott 1160
Joyce: Anna Livia Plurabelle 253
– Dubliner 418
– Kritische Schriften 313
– Porträt des Künstlers 350
– Stephen der Held 338
– Die Toten/The Dead 512
– Verbannte 217
Kästner, Erhart: Aufstand der Dinge 476
– Zeltbuch von Tumilat 382
Kästner, Erich: Gedichte 677
Kafka: Der Heizer 464
– Die Verwandlung 351
– Er 97
Kasack: Die Stadt hinter dem Strom 296
Kaschnitz: Beschreibung eines Dorfes 645
– Elissa 852

– Gedichte 436
– Liebe beginnt 824
Kassner: Zahl und Gesicht 564
Kavafis: Um zu bleiben 1020
Kawabata: Die schlafenden Schönen 1165
Kim: Der Lotos 922
Kipling: Das Dschungelbuch 854
Kiš: Ein Grabmal für Boris Dawidowitsch 928
Koch: Altes Kloster 1106
Koeppen: Das Treibhaus 659
– Der Tod in Rom 914
– Eine unglückliche Liebe 1085
– Jugend 500
– Tauben im Gras 393
Kolmar: Gedichte 815
Kracauer: Über die Freundschaft 302
Kraus: Die letzten Tage der Menschheit 1091
– Nachts 1118
– Pro domo et mundo 1062
– Sprüche und Widersprüche 141
– Über die Sprache 571
Krolow: Alltägliche Gedichte 219
– Fremde Körper 52
– Gedichte 672
– Meine Gedichte 1037
Krüger: Das zerbrochene Haus 1066
Kyrklund: Vom Guten 1076
Lagercrantz: Die Kunst des Lesens 980
Langgässer, Das Labyrinth 1176
Lasker-Schüler: Mein Herz 520
– Arthur Aronymus 1002
Lavant: Gedichte 970
Lawrence: Auferstehungsgeschichte 589
– Der Mann, der Inseln liebte 1044
Leiris: Lichte Nächte 716
– Mannesalter 427
Lem: Robotermärchen 366
Lenz: Dame und Scharfrichter 499
Lispector: Aqua viva 1162
– Der Apfel im Dunkel 826
– Die Nachahmung der Rose 781
– Die Sternstunde 884
– Nahe dem wilden Herzen 847
Lu Xun: Die wahre Geschichte des Ah Q 777

Maass: Die unwiederbringliche Zeit 866
Machado de Assis: Dom Casmurro 699
Majakowskij: Ich 354
Malerba: Geschichten vom Ufer des Tibers 683
– Tagebuch eines Träumers 840
Mandelstam: Die Reise nach Armenien 801
– Die ägyptische Briefmarke 94
Mann, Thomas: Schriften zur Politik 243
– /Hesse: Briefwechsel 441
Mansfield: Glück 1146
– Meistererzählungen 811
Marcuse: Triebstruktur und Gesellschaft 158
Mayer: Ansichten von Deutschland 984
– Ein Denkmal für Johannes Brahms 812
– Frisch und Dürrenmatt 1098
– Versuche über Schiller 945
Mayröcker: Das Herzzerreißende der Dinge 1048
– Das Licht in der Landschaft 1164
Mendoza: Das Geheimnis der verhexten Krypta 1113
Michaux: Ein gewisser Plume 902
Miller: Das Lächeln am Fuße der Leiter 198
Milosz: Gedichte 1090
Mishima: Nach dem Bankett 488
Mitscherlich: Idee des Friedens 233
Modiano: Eine Jugend 995
Montherlant: Die Junggesellen 805
– Moustique 1060
Morselli: Dissipatio humani generis 1117
Muschg: Leib und Leben 880
– Liebesgeschichten 727
– Noch ein Wunsch 1127
Musil: Vereinigungen 1034
Nabokov: Lushins Verteidigung 627
Neruda: Gedichte 99
– Die Raserei und die Qual 908
Nimier: Die Giraffe 1102
Nizan: Das Leben des Antoine B. 402

Nizon: Canto 1116
- Das Jahr der Liebe 845
- Stolz 617
Nooteboom: Die folgende Geschichte 1141
- Ein Lied von Schein und Sein 1024
Nossack: Das Testament des Lucius Eurinus 739
- Der Neugierige 663
- Der Untergang 523
- Spätestens im November 331
- Unmögliche Beweisaufnahme 49
O'Brien: Aus Dalkeys Archiven 623
- Der dritte Polizist 446
Ocampo: Die Furie 1051
Oe: Der Fang 1178
- Der Tag, an dem Er selbst mir die Tränen abgewischt 396
Ōgai Mori: Die Wildgans 862
- Die Tänzerin 1159
Olescha: Neid 127
Ollier: Bildstörung 1069
Onetti: Abschiede 1175
- Der Tod und das Mädchen 1119
- Die Werft 457
- Grab einer Namenlosen 976
- Leichensammler 938
- Der Schacht 1007
Palinurus: Das Grab ohne Frieden 11
Pasternak: Die Geschichte einer Kontra-Oktave 456
- Initialen der Leidenschaft 299
Paustowskij: Erzählungen vom Leben 563
Pavese: Junger Mond 111
Paz: Adler oder Sonne? 1082
- Das Labyrinth der Einsamkeit 404
- Der sprachgelehrte Affe 530
- Gedichte 551
Pedretti: Valerie oder Das unerzogene Auge 989
Penzoldt: Der arme Chatterton 1064
- Der dankbare Patient 25
- Prosa einer Liebenden 78
- Squirrel 46
Percy: Der Kinogeher 903
Perec: W oder die Kindheitserinnerung 780

Pérez Galdós: Miau 814
- Tristana 1013
Pilnjak, Das nackte Jahr 746
Piñera: Kleine Manöver 1035
Pinget: Passacaglia 1084
Plath: Ariel 380
- Glasglocke 208
Plenzdorf: Die neuen Leiden des jungen W. 1028
Ponge: Das Notizbuch vom Kiefernwald / La Mounine 774
- Die Seife 1134
- Texte zur Kunst 1030
Pound: ABC des Lesens 40
- Wort und Weise 279
Prevelakis: Chronik einer Stadt 748
Proust: Eine Liebe von Swann 1185
- Tage des Lesens 1166
Puig: Der Kuß der Spinnenfrau 1108
Queiroz: Das Jahr 15 595
Queiroz Eça de: Der Mandarin 956
Queneau: Ein strenger Winter 1110
- Mein Freund Pierrot 895
- Stilübungen 1053
- Zazie in der Metro 431
Radiguet: Der Ball 13
- Den Teufel im Leib 147
Ramos: Angst 570
Remisow: Gang auf Simsen 1080
Reve: Der vierte Mann 1132
Rilke: Ausgewählte Gedichte 184
- Briefe an einen jungen Dichter 1022
- Bücher Theater Kunst 1068
- Das Florenzer Tagebuch 791
- Das Testament 414
- Die Sonette an Orpheus 634
- Duineser Elegien 468
- Malte Laurids Brigge 343
Ritsos: Gedichte 1077
Ritter: Subjektivität 379
Robbe-Grillet: Der Augenzeuge 931
- Die blaue Villa in Hongkong 1169
- Die Radiergummis 1033
Roditi: Dialoge über Kunst 357
Rodoreda: Aloma 1056
- Auf der Plaça del Diamant 1133
- Der Fluß und das Boot 919
Rose aus Asche 734
Rosenzweig: Der Stern der Erlösung 973